W0412403

# Rey

# Rey

## Meghan March

Traducción de Ana Isabel Domínguez Palomo
y M.ª del Mar Rodríguez Barrena

VERGARA

Título original: *Ruthless King*

Primera edición: enero de 2019

© 2017, Meghan March
Publicado por acuerdo con Bookcase Literary Agency
© 2019, Penguin Random House Grupo Editorial, S. A. U.
Travessera de Gràcia, 47-49. 08021 Barcelona
© 2019, Ana Isabel Domínguez Palomo y
María del Mar Rodríguez Barrena, por la traducción

Penguin Random House Grupo Editorial apoya la protección del *copyright*.
El *copyright* estimula la creatividad, defiende la diversidad en el ámbito de las ideas
y el conocimiento, promueve la libre expresión y favorece una cultura viva.
Gracias por comprar una edición autorizada de este libro y por respetar las leyes del *copyright*
al no reproducir, escanear ni distribuir ninguna parte de esta obra por ningún medio sin permiso.
Al hacerlo está respaldando a los autores y permitiendo que PRHGE continúe publicando libros
para todos los lectores. Diríjase a CEDRO (Centro Español de Derechos Reprográficos,
http://www.cedro.org) si necesita fotocopiar o escanear algún fragmento de esta obra.

Printed in Spain – Impreso en España

ISBN: 978-84-16076-73-4
Depósito legal: B-23.086-2018

Compuesto en Infillibres, S. L.

Impreso en Romanyà Valls, S.A.
Capellades (Barcelona)

VE 7 6 7 3 4

Penguin
Random House
Grupo Editorial

# 1

## Keira

¿Eso que se oyen son pasos?

Me quedo helada al otro lado de la puerta cerrada de mi despacho y miro el pomo como si estuviera contaminado con ántrax.

Mis empleados no se atreverían. Saben que mi despacho está prohibido. Y mis padres están a más de mil cien kilómetros de distancia, en Florida, disfrutando de su jubilación gracias a los ingresos mensuales que les hago, procedentes de los insignificantes beneficios de la destilería. Aguanta a duras penas, incluso después de cuatro generaciones que se aferraron con uñas y dientes a producir whisky irlandés en Nueva Orleans.

«No hay espíritus en el sótano. No hay espíritus en el sótano.»

Repito esas palabras como un mantra hasta que el corazón se me tranquiliza y me late con un ritmo casi normal. Será mejor que el fantasma de mi difunto marido no esté al otro lado porque, como lo esté, yo misma mato de nuevo a Brett.

Hago acopio de la fuerza de voluntad que me ha permitido sacar a la empresa del pozo, cojo el pomo y abro la puerta del tirón antes de entrar en tromba en un intento por tener el factor sorpresa. O infundirme valor. O... lo que sea.

—¿Quiere hacer una gran entrada?

La voz ronca que brota de la oscuridad me hiela hasta el tuétano.

Solo la he oído una vez, a través de la madera ajada de la puerta que acabo de abrir, pero estaba profiriendo amenazas que no comprendí, no haciendo una pregunta con ese deje tan controlado y frío.

Ni de coña quiero estar sumida en la oscuridad con esta voz.

No es un fantasma. Es algo peor.

Es el puñetero hombre del saco, ese del que hablan entre susurros, a escondidas, pero del que no se habla nunca en público, como si bastara con pronunciar su nombre para hacerlo aparecer. Y nadie quiere eso.

Yo nunca lo he pronunciado. Ni siquiera quiero pensar en su nombre ahora mismo, pero mi cerebro lo saca a relucir de todas formas.

Lachlan Mount.

Tanteo con una mano y golpeo la pared de hormigón en busca del interruptor de la luz, pero cuando lo pulso, no pasa nada.

«Ay, madre del amor hermoso, voy a morir y ni siquiera me voy a dar cuenta.»

Mi antiguo sillón cruje justo antes de que se encienda la lamparita que tengo en la mesa.

Lo primero que veo son sus enormes manos y luego sus bronceados brazos, con la camisa blanca remangada. La luz no le alcanza la cara.

—Cierre la puerta, señora Kilgore.

Trago la saliva que se me agolpa en la boca al darme

cuenta de que conoce mi nombre y muevo la mano como si fuera a obedecer la orden sin discusión. Cojo el pomo que tengo a la espalda, cuando en realidad quiero darme la vuelta y salir corriendo.

En busca de la policía.

A lo mejor la policía puede... No sé. ¿Salvarme?

Miro por encima del hombro, sin soltar el pomo mientras la puerta se cierra, y la necesidad de huir aumenta conforme la tenue luz del pasillo va desapareciendo.

—Dé un paso en esa dirección y lo perderá todo.

Mis pies se quedan clavados al suelo de cemento mientras el sudor me cubre el pecho. Normalmente, lo achacaría a que los alambiques de whisky crean una atmósfera parecida a una sauna, pero esta noche no.

—¿Qué quiere? —le pregunto en voz baja—. ¿Por qué ha venido?

El sillón cruje de nuevo cuando se levanta, y esos anchos dedos se abrochan los botones de la chaqueta, pero la luz sigue sin iluminarle la cara.

—Tiene una deuda conmigo, señora Kilgore, y he venido a cobrarla.

—¿Una deuda?

Me devano los sesos para averiguar cómo narices le debo dinero. Nunca nos han presentado. Joder, si ni siquiera lo he visto, solo oí su voz una noche, escuchando a hurtadillas. Mi clase no se mezcla con la suya... En fin, al menos, la mayoría de los de mi clase no lo hace. Hace tiempo, corrió el rumor de que tuvo de amante a Richelle LaFleur, una chica de nuestra iglesia, hasta que ella desapareció hace un año. Me niego a seguir ese pensamiento.

—¿De qué habla? —De alguna manera, consigo hacer la pregunta.

Dos dedos empujan un documento con el encabezado de

Reconocimiento de deuda sobre la arañada mesa de madera hasta que queda bajo el haz de luz.

«Ay, madre del amor hermoso, Brett. ¿Qué has hecho?» El corazón se me va a salir del pecho.

—¿Quiere saber cuánto dinero pidió prestado su marido poniendo de aval esta empresa?

—¿Cuánto? —le pregunto al tiempo que me inclino hacia él, en contra de mi voluntad.

—Medio millón de dólares.

Jadeo al oírlo.

—Miente.

Él planta las dos manos en la mesa y se inclina hacia delante, de modo que su cara queda expuesta a la tenue luz. Facciones duras que parecen esculpidas en granito, penetrantes ojos oscuros y una mirada pétrea que contrasta con la relativa cortesía del traje que le sienta como un guante.

—Nunca miento.

«¿Medio millón de dólares? Imposible.»

—Si Brett hubiera pedido prestada semejante cantidad de dinero, lo sabría. De manera que no lo hizo.

Se encoge de hombros como si mis palabras no le importasen en lo más mínimo. Y tal vez sea verdad.

—Su firma dice que lo hizo... y la deuda ha vencido.

Clavo los ojos en el documento de la mesa. Si de verdad lo ha hecho... los efectos serían catastróficos.

Cuatro generaciones de Kilgore han empeñado sus esperanzas, sus sueños y su fortuna para mantener vivo este legado. No puede acabar conmigo.

—No tengo el dinero.

—Lo sé.

Su respuesta me hace retroceder de golpe.

—¿Y por qué...?

Se aparta de la luz y echa a andar hacia mí. Retrocedo y

me pego a la pared mientras él avanza, bloqueándome la escapatoria. No tengo adónde huir. Me ha atrapado.

—Porque estoy dispuesto a aceptar otra cosa a cambio.

Me cuesta la misma vida que no se me quiebre la voz mientras el corazón me late en la garganta.

—¿El qué?

Se detiene a un paso de mí y sus carnosos labios forman una lacónica respuesta:

—A ti.

# 2

## Keira

Cierro la puerta, echo el pestillo y me apoyo en ella tan pronto como se cierra tras él con un firme chasquido. Me tiembla el cuerpo como si acabara de sobrevivir a un encuentro con el anticristo. Lo único que queda de Lachlan Mount en mi despacho es ese perfume tan engañosamente seductor, una penetrante mezcla cítrica, oriental y amaderada, y mi terror.

Además del reconocimiento de deuda, que no se me olvide.

Mi mirada vuela hacia la mesa y luego se aparta.

Tiene que ser falso. Es imposible que Brett pidiera un préstamo de quinientos mil dólares poniendo como aval la destilería, porque está claro que no ha invertido ese dinero en las mejoras que yo he realizado. Cada dólar que se ha invertido en este lugar procede de la cuidadosa presentación que he hecho delante de lo que me parecen todos los banqueros de la ciudad.

Estoy endeudada hasta el cuello. O, por lo menos, lo estaba. Ahora lo estoy hasta las cejas.

Lachlan Mount.

Cierro los ojos con fuerza y levanto la barbilla mientras pongo de vuelta y media a mi difunto marido. Mi padre diría que más me valdría mirar hacia abajo para buscar su espíritu.

«¿Cómo has podido hacerme esto, gilipollas?»

Esta deuda... con ese hombre... es el último clavo que le faltaba al ataúd de Brett. ¿Cómo es posible que no lo viera nunca como el aprovechado que era? El autodesprecio me invade por enésima vez. Es como la reposición de una mala serie de televisión que no puedo evitar ver. Me tragué sus trolas. Creí que íbamos a reconstruir el imperio de mi familia. Creí haber encontrado un compañero. Yo fui la idiota que sugirió que nos fugáramos, porque estaba convencidísima de que era el hombre de mi vida.

No tardé mucho en darme cuenta de que era un capullo oportunista que me ponía los cuernos desde antes de casarnos y que empezó a sacar dinero de la cuenta bancaria de la destilería tan pronto como tuvo acceso.

Golpeo con las palmas de las manos la sólida puerta de roble que tengo detrás.

—Joder, Brett. Joder.

Tomo una honda bocanada de aire, abro los ojos y enderezo la espalda. Se acabaron las lágrimas. Acabo de pasar tres meses lidiando con las desastrosas consecuencias de su muerte, un mes más del tiempo que estuvimos casados, y justo cuando pensaba que pisaba de nuevo en firme...

Aparece Lachlan Mount.

Miro de reojo el documento que descansa en mi mesa. La mesa que mi bisabuelo mandó traer de Irlanda y a la que se sentó para firmar el primer contrato de alquiler para la Destilería Seven Sinners. Tenía siete hijos, y el optimismo de todos ellos para pensar que acabarían dominando el mercado del whisky era innegable.

Creí que por fin había demostrado mi valía para sentarme a esa mesa el día que mi padre accedió a venderme sus acciones. Me sentí muy orgullosa de ser la primera mujer en manejar el timón de una destilería que produce el mejor whisky irlandés de Nueva Orleans, la ciudad donde nuestra familia echó raíces y empezó a prosperar pese a la Ley Seca.

En parte, me gustaría haber vivido durante aquellos años de criminalidad. Cuando la fuerza lo justificaba todo y cualquier hombre, o mujer, podía triunfar o fracasar según lo dispuesto o dispuesta que estuviera a trabajar. Pero claro, me imagino perfectamente a Lachlan Mount también allí, ametralladora en mano, eliminando a cualquier competidor que se le pusiera por delante. Aunque también es posible que esté haciendo eso mismo hoy en día.

En realidad, no sé cómo hemos conseguido pasar desapercibidos para él hasta ahora; pero, al parecer, nuestra buena suerte ha llegado a su fin.

Le echo ovarios al asunto y atravieso el frío y agrietado suelo hasta llegar a la mesa para ojear el inocente documento que descansa en ella. Extiendo un brazo como si llevara un traje protector NBQ antes de tocarlo, y lo cojo por una esquina, usando el índice y el pulgar.

Acostumbro dejar los documentos legales en manos de los abogados, pero con la minuta tan astronómica que se gastan, y teniendo en cuenta que apenas si tenemos dinero para pagar los atrasos, he tenido que aprender mucho por mi cuenta solo para reducir gastos.

Reconocimiento de deuda.

Lo leo de pe a pa. En resumen: este documento supone la sentencia de muerte para mi herencia familiar.

Brett Hyde solicitó un préstamo de quinientos mil dólares a Lachlan Mount hace cuatro meses y el plazo de devolución expiró la semana pasada, el mismo día que se cumplían tres meses de su muerte. O, para ser más exactos, el mismo día que se cumplían tres meses desde el hallazgo de su cadáver en un coche calcinado en Ninth Ward, acompañado por el de una mujer sin identificar.

Una cacofonía de emociones me invade el pecho, como si fueran dos bandas de música compitiendo por los dólares de los turistas en dos esquinas opuestas del Barrio Francés.

Esto es un desastre.

No puedo pagar.

Mount sabe que no puedo pagar.

Pero hay algo que está dispuesto a aceptar en vez del dinero.

Rodeo con paso inestable la mesa y, justo cuando las rodillas se me transforman en gelatina, me dejo caer en el sillón.

A mí.

Siento un escalofrío que me recorre el cuerpo y me pone la piel de gallina allí donde queda expuesta, aunque el cuero aún mantiene el calor de su cuerpo. Como si su sangre fuera más caliente que la de un hombre normal y corriente. Y tal vez lo sea. Hay algo que puedo afirmar sin temor a equivocarme: Lachlan Mount no es un hombre normal y corriente.

¡Por Dios! ¿Qué quiere de mí?

La voz de la razón me planta cara.

«¿Estás tonta? ¿Qué va a querer un hombre de una mujer? Pagarás la deuda abriéndote de piernas.»

Solo hay unas cuantas cosas que doy por sentadas en esta vida: El whisky Seven Sinners es el mejor que he probado en la vida. Nueva Orleans siempre será mi hogar. Y no voy a prostituirme para pagar las deudas de mi difunto marido.

Claro que su voz todavía resuena en el aire. «A ti.»

Me tiembla la mano mientras paso las páginas y memorizo las palabras. Pero, en realidad, lo único importante de este documento es la cifra que no puedo pagar y la fecha en la que debía haberlo hecho. Lo ojeo por encima, renuente a seguir mirándolo, pero me llama la atención una frase escrita a mano en la parte posterior de la última página.

*Se concede una extensión de pago de una semana.*

Debajo del texto escrito hay una firma ininteligible, pero no hace falta ser un genio para saber de quién es.

¿Una semana? Como si son siete meses. No puedo reunir medio millón de dólares. Punto.

¿Qué hizo Brett con el dinero?

Espero en silencio que el Señor me conteste con una voz estentórea desde el cielo; pero, obviamente, eso no sucede.

¿De verdad importa a estas alturas? El dinero no está. Brett tampoco. Y yo soy la que se queda con el marrón porque, tal y como he descubierto, para mi desgracia, como única beneficiaria y albacea del testamento, todas sus deudas son mías y debo hacerles frente. El caos de un matrimonio fallido se extiende más allá del manido «hasta que la muerte nos separe».

No pienso abrirme de piernas para pagar las malas decisiones de Brett.

El rítmico zumbido del miedo que me corre por las venas intenta debilitar mi espina dorsal de titanio.

—Encontraré el modo de solucionar esto. Como sea. Cueste lo que cueste. Lo haré.

El silencio que reina en mi despacho es la única respuesta que necesito.

Yo tampoco creo en lo que acabo de decir.

Pero tengo que hacer algo o acabaré muy jodida. Y, al parecer, será Lachlan Mount quien me joda.

# 3

## Keira

Encaro la vida como un general. Una estratega. Investigo antes de tomar cada decisión y la ejecuto con precisión milimétrica. Mi padre siempre ha dicho que debería haber sido cirujana, pero mi único sueño siempre fue hacer whisky. Él quería un hijo varón para que continuase el legado familiar; en cambio, solo tuvo tres hijas, y yo soy la única a quien le importaba la diferencia entre usar un solo tipo de malta y usar el contenido de un solo barril para las botellas.

Ahora mismo, necesito información acerca de un hombre que vive en las sombras, así que recurro a la fuente más rápida: Google. Tecleo su nombre y en menos de un segundo aparece el siguiente mensaje en la pantalla:

RESULTADOS DE «LACHLAN MOUNT»
NO SE HAN ENCONTRADO RESULTADOS PARA
«LACHLAN MOUNT»

Imposible. Pincho en la pestaña de Imágenes y sale la página en blanco. Añado «Nueva Orleans» y me aparecen decenas de sitios web con información de la ciudad, pero no aparece nada acerca de Lachlan Mount bajo la vista preliminar.

Pruebo un montón de búsquedas diferentes, todas con el mismo resultado.

Es como si no existiera. Es como si de verdad fuera la leyenda urbana que creía que era antes de mi cara a cara de ayer con él.

¿Cómo narices se supone que voy a conseguir información sobre él si es un fantasma en cuanto a Internet se refiere?

Anoche no dejé de dar vueltas y más vueltas en la cama mientras los minutos y las horas iban pasando, acercándome al límite. Mi diminuto apartamento no cuenta con un árbol que dé dinero en el patio, así que puedo decir sin temor a equivocarme que no estoy más cerca de una solución que antes.

Podría vender un riñón, pero supongo que ni siquiera así iba a conseguir el medio millón de dólares. Tampoco es que siga muy de cerca los movimientos del mercado negro de órganos porque, a ver, soy una ciudadana normal que respeta la ley.

Vendo whisky irlandés. Pago los impuestos abusivos que me provocan arcadas cada vez que firmo el cheque. Pero no escatimo en gastos. Juego según las reglas.

Cuando entro por la puerta lateral de la destilería, me envuelve el calor procedente de los tres enormes alambiques. A otros les resulta abrumador. A mí me reconforta. Es mi hogar.

Louis Artesian, mi director de proceso de destilación levanta un vaso para ponerlo al trasluz antes de olerlo y catarlo.

—¿Qué tal va?

Vuelve la cabeza con una sonrisa en los labios.

—Oye bien lo que te digo, Keira, va a ser el mejor que hemos hecho hasta la fecha.

La sonrisa que asoma a mis labios no es forzada. Es orgullosa. «Voy a hacer que mi padre se sienta orgulloso.» Asumí un riesgo al cambiar de proveedores de malta, sin decírselo a mi padre, por cierto, y va a dar sus frutos.

«Si soy capaz de mantener la destilería abierta el tiempo necesario para que vea la luz.»

Me he pasado la noche imaginando posibles escenarios. Cuando firmé los préstamos con el banco, lo hice con la suposición de que todos y cada uno de ellos era público. Desconocía la deuda con Mount. ¿Cómo iba a revelarla? Además, si no estaba registrada públicamente, tampoco cuenta, ¿verdad? ¿O podía ser él un deudor secundario y forzar la liquidación para conseguir cobrar lo que se le debe después de que los deudores principales hayan cobrado? En fin, no me sé al dedillo cómo va este asunto y, lo más importante, supongo que tampoco importa. No me veo a Lachlan Mount ciñéndose a las reglas que se aplican al común de los mortales.

Solo conozco a una persona que tal vez podría darme cierta información. Y dado que Google me ha fallado, es mi siguiente opción. Ningún general toma decisiones sin informarse antes.

—¿No te parece, Keira?

Louis me ha estado hablando y yo estaba en las nubes.

—Perdona, ¿qué has dicho?

Su sonrisa amable me recuerda a todas las personas cuyo medio de vida depende de mí.

—Da igual. Solo estaba diciendo que tomaste la decisión correcta. Le echaste valor al cambiarte a la malta ecológica, y costó lo suyo, pero el resultado habla por sí solo.

En cualquier otro momento, mis pulmones habrían suspirado de alivio y habría relajado la postura, pero hoy no.

Aunque puedo replicar con sinceridad.

—Es la mejor noticia que he tenido en toda la semana.

—Keira, ¿puedes atenderme un momento? —me pregunta Temperance, mi abrumada asistente/mano derecha, desde la puerta. Teniendo en cuenta que su nombre significa «sobriedad», sufre las burlas constantes por trabajar en la destilería—. Tenemos que tomar unas cuantas decisiones para el evento con las que no quiero comprometerme sin tu aprobación.

Además de ser mi mano derecha, Temperance también se ha encargado de organizar un evento importantísimo para Mardi Gras, uno que tuvimos la suerte de conseguir y que será para los New Orleans Voodoo Kings, un equipo local de fútbol americano profesional. Van a alquilar todo el restaurante, y el dinero servirá para mantenernos a flote unos cuantos meses más. Al menos, habría servido para eso hasta que...

Me saco de la cabeza la inesperada e indeseada visita de ayer y le levanto el pulgar a Louis antes de echar a andar hacia Temperance, dejando atrás el calor de los alambiques.

—¿Qué pasa?

—Quieren actualizar el menú para incluir algo que ha cabreado a Odile. También quieren que coordinemos el servicio de coches y que controlemos a todos los asistentes para asegurarnos de que no se quedan con las llaves por temor a que luego conduzcan borrachos. Mala publicidad, ya sabes.

La idea de ser la encargada de decirle a un deportista profesional que no está lo bastante sobrio para conducir de vuelta a casa, y tal vez de quitarle las llaves, me parece una pesadilla.

—Así que, básicamente, quieren que seamos los malos de la película, ¿no? ¿Por qué no lo hace el propio equipo si tanto le preocupa?

—No lo sé, pero han dicho que hay que añadirlo al contrato o que celebrarán el evento en otro sitio.

«Y una mierda.» Necesitamos este evento.

Me devano los sesos.

—Diles que sí. Pero diles también que vamos a organizarlo como un servicio de aparcacoches obligatorio y que necesitamos a alguien de la organización en la puerta con un miembro de nuestro personal para que sea una decisión conjunta.

Temperance se saca uno de los tres bolígrafos con los que se recoge el pelo castaño para escribir en su cuaderno de notas.

—Vale, a ver si cuela. —Levanta la vista—. ¿Y si no cuela?

—Acepta sus condiciones, pero diles que solo lo hacemos por responsabilidad cívica y que nos reservamos el derecho de llamar a la policía si alguien se pone violento.

Añade una nota a su lista.

—Y en cuanto a Odile...

—¿Cuánto aumenta el precio del menú lo que piden?

Temperance pasa las hojas de su cuaderno.

—El coste de la comida nos aumenta un diez por ciento. No les he pasado todavía lo que supone el cambio en dinero.

—Diles que nos supone un treinta por ciento más de costes y, cuando protesten, acepta un veinticinco. Y luego dile a Odile que le debo una.

La sonrisa de Temperance se ensancha mientras escribe.

—¿Lo ves? Eres una negociadora nata. Por eso eres una máquina en tu trabajo.

«Ojalá pudiera librarme de cierta deuda negociando.»

Me libro de tener que seguir hablando porque me vibra el móvil, que llevo en la mano. Bajo la vista para ver el nombre que aparece en pantalla.

«Esto no puede ser una buena señal.»

—Perdona, tengo que contestar —le digo a Temperance.

—Claro. Ya hablaremos luego si surgen más cosas. Va a ser genial para Seven Sinners. Además, me he enterado de que varios organizadores más están interesados en reservar el local para eventos y se me han ocurrido un par de cosas que podrían ser muy rentables. Te lo comento todo mañana.

Normalmente, me emocionaría oír algo así, pero estoy absorta por quién me llama.

—Gracias, Temperance. Por esto eres una máquina en tu trabajo.

Echo a andar por el pasillo.

—Hola —contesto al teléfono.

—Sabes que no me levanto antes del mediodía. Será mejor que expliques rapidito el mensaje tan misterioso que me ha despertado —me dice Magnolia Marie Maison.

Después de que Magnolia dejara el Sagrado Corazón en cuarto de secundaria, cuando le quitaron la beca, mi madre me dijo que ya no podía seguir viéndola. La prohibición no me sorprendió, porque a Magnolia la pillaron haciéndole una mamada al profesor de Historia en el cuarto de suministros. El señor Sumpter desapareció, pero para Magnolia fue como si hubiera encontrado su vocación.

Mi madre intentó extirparla de mi vida, pero así no funciona la amistad, al menos no para mí. Magnolia fue la que le dio una paliza a Jill Barnard cuando me corté el pelo en cuarto de secundaria, algo que le costó que la expulsaran temporalmente. Me enseñó a ponerme los tampones. Me llevó a la clínica para conseguir un método anticonceptivo después de que un chico de un colegio privado me invitara al baile de graduación, porque juró que no iba a permitirme cometer errores tontos con mi vida.

Magnolia es la hermana mayor que nunca he tenido. La que me protegía y la que siempre se aseguraba de que no me metía en líos. Mi lealtad hacia ella es incondicional y, en mi opinión, la forma en la que se gana la vida solo es asunto suyo.

—Mags, tengo un problema.

—¿Qué pasa? ¿Te ha tirado los tejos otro dueño de un restaurante que solo servirá Seven Sinners si antes tienes una cena privada con él para hablar del tema?

Casi puedo verla poner los ojos en blanco al otro lado del teléfono. Esa ha sido toda la relación que he tenido con el sexo opuesto desde la muerte de Brett, y ella lo sabe muy bien.

Entro en mi despacho y cierro la puerta antes de contestar:

—Lachlan Mount. Ha estado aquí. —En cuanto pronuncio su nombre, se me pone de nuevo la piel de gallina y me envuelve el seductor aroma que dejó tras él. Seguramente voy a tener que fumigar el despacho para librarme del olor.

Magnolia replica en voz baja:

—¿Qué coño has dicho?

—Lach...

—Cierra la puta boca y no vuelvas a pronunciar ese nombre en la vida.

Cierro la boca de golpe.

—No te conviene que ese hombre sepa de tu existencia. Y no podemos hablar de esto por teléfono. Me voy a levantar. Y a vestirme. ¡Joder!

Su reacción le da peso a todo lo que he estado pensando. La situación no es mala. Es nefasta.

—¿Qué hago? —Detesto el miedo que me quiebra la voz.

—Mueve el culo y plántate en mi casa, y luego me cuentas hasta el último detalle de lo que ha pasado, joder. Y tráete whisky ese del tuyo, porque nos va a hacer falta.

—Tengo el día lleno de reuniones...

—Keke, tu puta agenda se acaba de vaciar. Mueve el culo y vente a mi casa.

Las órdenes que suele darme Magnolia son más en plan «Keke, bébete ese chupito. No seas tan coñazo» o «Keke, echa un polvo, por el amor de Dios, que se te va a secar la almeja».

Dependiendo de las circunstancias, paso de sus órdenes. De esta, en cambio, no puedo pasar.

—Estaré ahí dentro de veinte minutos.

—Que sean diez.

Aparco mi Honda Civic de doce años en una plaza de invitados en el aparcamiento del nuevo edificio de apartamentos más pijo de Nueva Orleans. Está lleno de coches que valen al menos diez veces más que el mío.

Y aunque mi madre desapruebe el camino que ha elegido Magnolia, no se puede negar que es muy lucrativo. Ostenta la distinción de ser una de las madamas más exclusivas de Nueva Orleans, y nunca me ha contado cómo llegó a serlo. Todo lo que sé me ha llegado por anécdotas, incluida la de que su librito negro de clientes es bien gordo. Y lo más importante: Magnolia tiene trapos sucios de casi todos ellos, o eso me aseguró la noche que celebramos que me hiciera con las riendas de Seven Sinners.

Salgo del coche y cierro la puerta, con cuidado de no darle al Porsche que hay aparcado al lado, y se me acelera la respiración. Va a decirme que lo llevo crudísimo.

Atravieso el limpio suelo del aparcamiento hasta llegar a los ascensores y pulso el botón para llamarlo. Aparece enseguida y, en cuestión de segundos, estoy delante de la puerta de su apartamento del sexto piso. Todavía no ha llegado al nivel de poder permitirse el ático, pero no me cabe la menor duda de que esa es su meta. Por las venas de Magnolia corre el mismo espíritu emprendedor que por las mías, puede que incluso más.

A lo mejor por eso somos almas gemelas. Las dos trabajamos en el mundo del pecado.

Llamo una sola vez y abre la puerta, y su bata de seda de color melocotón acentúa sus voluptuosas curvas. En vez de la sonrisa normal que suele regalarme cuando vengo de visita, me coge del brazo y me mete en el apartamento de un tirón. Cierra la puerta con fuerza y echa la llave.

Me vuelvo para mirarla con un nudo en la garganta.

—Pinta mal, ¿verdad?

—¿Dónde has metido el whisky ese? Lo vamos a necesitar.

Saco la botella del bolso de Tory Burch que ella me regaló la noche de la celebración y se la doy. Magnolia me la quita de las manos y se la lleva a la encimera mientras yo la sigo.

—Hay cosas en mi mundo que nunca deberían tocar el tuyo, Keke. Tú eres todo dulzura y luz, aunque haces un whisky de puta madre. Pero te ha tocado y no tengo ni puta idea de cómo te vamos a sacar de este follón.

Levanta un brazo y coge dos vasos de los estantes de cristal situados en la zona de bar para llenarlos de whisky, tres dedos en cada uno.

Magnolia siempre se muestra segura, atrevida, y nunca da signos de titubear. El hecho de que se comporte de forma totalmente opuesta a lo habitual hace que el corazón se me acelere, hasta que late al ritmo que imponen sus largas uñas acrílicas sobre la encimera.

—¿Qué quieres decir? —pregunto despacio, porque me da la sensación de que voy a necesitar una explicación igual de lenta.

—Te han marcado, guapa.

—¿Y eso qué quiere decir? —Me resulta imposible disimular el miedo de mi voz.

—He investigado un poco.

—¿Cómo? Si te lo acabo de contar...

Me interrumpe con un gesto de la mano.

—Sabes que soy capaz de llegar al fondo de un asunto antes de lo que un drogata es capaz de meterse un chute. No te sorprendas tanto. He necesitado hacer una llamada discreta, y lo que he descubierto no es nada bueno.

Cojo el vaso de whisky y me bebo de un trago el licor que, en cualquier otro momento, habría saboreado a sorbitos, percibiendo los distintos matices a medida que llegaban a mis papilas gustativas. Hoy no. Hoy necesito que me infunda valor para enfrentarme a lo que sea que va a salir de boca de Magnolia.

Apoya los codos en la encimera y acaricia el borde del vaso con la uña, cuya punta lleva pintada con brillantina.

—Con Lachlan Mount no se tontea.

—¡No lo he hecho! —Parece que estoy al borde de un ataque de nervios y, la verdad, así es.

—No pasa nada en la ciudad sin que él le dé el visto bueno. Es como un conducto por el que debe pasar todo. Alcohol. Drogas. Putas. Estafas. Juego. No tengo la menor idea de cómo ha concentrado semejante poder, pero lo ha hecho, y lo ejerce con puño de hierro. —Me mira—. Ahora te tiene en sus garras.

—¿Alcohol? Nosotros nunca le hemos pagado.

—¿Estás segura?

—Lo habría sabido. Mi padre nunca me ha mencionado...

Magnolia ladea la cabeza hacia un lado y luego hacia el otro.

—Dudo mucho que lo hiciera. Joder, a lo mejor él sigue pagándole, dado que te hiciste con el control para mantenerlo lejos de ti. Pero ya da igual. Le debes dinero y ten por seguro que va a cobrarlo.

No me imagino a mi padre pagando a Mount de forma regular y no tengo ni idea de cómo podría sacar el tema para preguntárselo. Las implicaciones me golpean como un puñetazo y veo cómo me quedo blanca en el espejo que Magnolia tiene a su espalda.

—Ni siquiera sé qué hizo Brett con el dinero. Vamos, es que ni sabía que lo había pedido prestado.

Magnolia aparta la vista.

—¿Qué pasa? ¿Qué me estás ocultando?

—Keke, sabes que te quiero, pero hay cosas que es mejor que no sepas.

No me sorprende que Magnolia intente protegerme en la medida de lo posible, pero ahora mismo necesito respuestas. Tomo una honda bocanada de aire y la suelto despacio, como si me estuviera preparando para algo doloroso. Como supongo que va a ser.

—Dime de qué te has enterado.

Habla por fin, después de unos segundos, y dice con voz neutra:

—Se rumorea que parte del dinero fue para saldar la deuda con un usurero bastante furioso, que es como pedirle prestado al demonio para pagarle a uno de sus servidores. Un poco fue para su carísimo problema nasal y el resto para la zorra que se estaba tirando, porque le dijo que estaba embarazada. Pero eso solo son rumores y tal.

Se supone que las rodillas tienen que sostenerme, pero me flaquean. Intento agarrarme a la encimera, pero me escurro y acabo sentada de culo en el suelo. El vaso de cristal se hace añicos contra el mármol cuando me caigo.

—¡Keke! —Magnolia corre hacia mí con los brazos extendidos.

Extiendo ambos brazos.

—No. De verdad. No.

Alucinada, respiro hondo una y otra vez mientras asimilo lo que acaba de decir.

«Usurero.»

«Problema nasal.»

«Amante embarazada.»

Sabía que Brett me estaba engañando. Casi ni se molestaba en ocultarlo. Es increíble que necesitara los casi cuatro meses que duró nuestro matrimonio para darme cuenta de lo que pasaba. Por eso me reuní con un abogado matrimonialista tres días antes de que muriera y alquilé un apartamento para tener un lugar donde vivir mientras iniciaba los trámites.

Magnolia desaparece y vuelve con un cepillo para barrer los cristales rotos. Recupero la compostura y me levanto del suelo. Hay algo que no tiene sentido.

—¿Qué problema nasal tenía Brett? ¿Alguna alergia?

Tira el contenido del recogedor en la basura y me mira con una cara que solo puedo describir como «compasiva».

—Keke, le daba al polvo blanco. Desde antes de que lo conocieras.

—¿Qué? —La palabra brota de mi garganta. Es imposible que se refiera a...

—Cocaína. Ya sabes, esnifaba...

—Es imposible. Lo habría sabido. Lo...

—Eres una buena chica —me dice Magnolia al tiempo que menea la cabeza con gesto benevolente—. Eres capaz de reconocer a un borracho a diez metros, pero las drogas te vienen muy largas, Keke.

—¿Ese cabrón ha puesto en peligro el legado de mi familia por las drogas? —Ya no estoy al borde de un ataque de nervios. Estoy en pleno ataque.

—Por eso y por el sexo, que es mucho más adictivo, al menos según mi experiencia. Además, Brett Hyde era un estafador. Te había echado el gancho antes de que tuvieras la oportunidad de calarlo.

Me cubro la cara con ambas manos y me concentro en respirar. En contar hasta diez. En controlar un poco la rabia.

No funciona.

Fugarme con Brett fue la única decisión impulsiva que he tomado en la vida. Creí que conocerlo fue cosa del destino. Era tan perfecto para mí desde el primer día que no me quedó más remedio que convencerme de que el mundo había querido que estuviéramos juntos. Y después de aquella noche increíble...

Destierro los recuerdos. Qué ingenua y qué tonta fui.

—Ojalá pudiera revivirlo para matarlo con mis propias manos —susurro.

Magnolia me sonríe de nuevo con expresión indulgente.

—Cariño, si estuviera vivo, sabes que le cortaría la cosita que tuviera por polla con un cuchillo de carnicero.

—¿Qué coño voy a hacer? —le pregunto y empiezo a pasearme de un lado para otro.

Magnolia mueve la cabeza mientras me mira.

—Keke... es muy grave.

Me vuelvo para mirarla.

—Lo sé. Necesito medio millón de dólares para salir de este marrón. ¿Cómo coño voy a conseguir medio millón en una semana? Ningún banco va a concederme otro préstamo con todas las deudas que tengo encima.

Magnolia entrelaza los dedos, por delante del nudo del cinturón de seda de la bata.

—Voy a hablarte sin rodeos. Ni aun siendo virgen podríamos organizar una puja tan rápido.

Cierro los ojos con fuerza.

«¿Subastarme?» Me estremezco por el asco que me recorre la espalda. «Ni siquiera me sirve, porque no valgo tanto.» Levanto la vista y la clavo en sus ojos castaños.

—Brett consiguió quinientos mil en una semana. Yo también tengo que conseguirlos.

—Nadie va a darte el dinero. —Está muy seria.

—¿Y si pruebo con otra extensión? ¿Con un plan de pagos? —Me meso el pelo mientras intento repasar todas las posibilidades.

—Guapa, no hace falta que te diga que eso no va a solucionar el problema que tienes.

Cruzo los brazos a la altura del pecho, abrazándome con fuerza antes de retroceder de espaldas hasta que las corvas rozan el sofá de Magnolia y caigo sentada de culo.

—¿Qué pasa si... qué pasa si no pago? ¿Qué pasa si le digo que era cosa de Brett y que está muerto y que a mí me deje tranquila?

Al oírme, el precioso rostro de Magnolia se queda blanco.

—Keira —me dice, y me tenso cuando pronuncia mi nombre, porque nunca lo usa—. Ni se te ocurra tirar por ahí.

—¡No tengo alternativa! No tengo el dinero.

Magnolia cruza la habitación despacio y se sienta en el sofá, a mi lado.

—La última mujer que se la jugó a Mount acabó en la morgue.

Se me pone la piel de gallina y trago saliva.

—¿La mató?

La forma en la que Magnolia niega lentamente con la cabeza me hiela la sangre en las venas.

—Mount ya no tiene que encargarse del trabajo sucio en persona. Pero a esa zorra la rajaron a conciencia. Murió desangrada.

Me imagino a una mujer, desangrándose en un callejón

oscuro, con una raja de oreja a oreja, pero Magnolia sigue hablando.

—Dicen que su gente la puso hasta arriba de anfetas y la obligaron a bailar descalza sobre un montón de cristales rotos hasta que al final se cayó y consiguió coger un trozo. Se cortó las venas ella misma para acabar rápido.

Siento una arcada al imaginarme semejante brutalidad en multicolor. Me levanto de un salto del sofá, tapándome la boca con una mano y voy corriendo al cuarto de baño.

Magnolia me sigue deprisa y me aparta la melena pelirroja de la cara.

—No debería habértelo contado. Pero no se me ocurre qué más hacer para que comprendas a qué te enfrentas. Ni te cuento lo que le hicieron al novio de la chica. Fue incluso peor.

Tengo otra arcada y siento cómo la bilis me quema la garganta al vomitar. Magnolia me frota la espalda hasta que me paso una mano por la boca.

—¿Agua? —Más que hablar, parece que grazno.

—Claro, cariño.

Salgo del cuarto de baño detrás ella y regreso a la cocina mientras pienso en los trozos de cristal que ha limpiado hace nada, salvo que ahora me los imagino clavándose en las plantas de mis pies mientras la sangre mancha el suelo.

Magnolia desliza una botella de agua por la encimera, con el tapón ya quitado, y bebo un sorbo con mucho tiento.

—¿Qué hago?

Me cubre la mano libre con la suya.

—Qué hacemos, cariño. Porque si no le das a ese hombre lo que le debes, no se detendrá contigo. Irá a por todos tus seres queridos.

Casi vomito el sorbo de agua.

—Ay, Dios, tengo que irme. No puedo involucrarte...

—Demasiado tarde. Mount no da un paso sin conocerlo todo acerca de su objetivo.

—Mis padres... mis hermanas...

Magnolia asiente con la cabeza.

—Y tus amigos. Tus empleados.

Cierro los ojos.

—Dijo... Dijo que estaba dispuesto a aceptar otra cosa a cambio. —Detesto hablar de esa opción en voz alta, pero soy incapaz de imaginarme las consecuencias del resto de alternativas sin correr de vuelta al cuarto de baño.

—¿El qué?

Trago saliva de nuevo para contener las náuseas antes de contestar:

—A mí.

—En fin, joder.

# 4

## Keira

—¿Qué? —pregunto, aterrada al escucharla pronunciar el taco en voz baja.

—Estoy pensando. —Magnolia levanta una mano.

—¿Ha hecho esto antes? ¿Hay libro de instrucciones para esto?

Menea la cabeza.

—No, me refiero a que ha tenido muchísimas amantes. Normalmente, busca que sean de fuera.

—¿Y?

—Y desaparecen después de unos meses. Como si jamás hubieran existido, vamos.

Recuerdo a Richelle LaFleur, la chica que conocíamos de la iglesia y de la que nadie sabe nada desde que empezó a correr el rumor de que se convirtió en su amante. Por lo que tengo entendido, la policía lo considera un caso sin resolver.

Se me acelera la respiración otra vez. Da igual hacia dónde mire, el único final aparente para mí es la muerte.

Magnolia me observa con atención, como si estuviera observando cada uno de mis rasgos por primera vez.

—Después de ese follón con Richelle, no ha vuelto a estar con una mujer de por aquí cerca.

—¿Por qué se desvía ahora de sus costumbres? ¿Por qué yo? —Mis preguntas parecen tan frenéticas como lo está mi cerebro.

Magnolia niega con la cabeza.

—A saber. —Su respuesta no consigue tranquilizarme en absoluto. Se aleja de mí para acercarse a la encimera y coger el móvil—. Tengo que hacer una llamada.

Me deja en el sofá y sale de la estancia. Doblo las rodillas y me abrazo las piernas mientras repaso mis opciones. Encuentro medio millón de dólares por arte de magia. Me prostituyo para un hombre que ha asesinado o ha mandado asesinar a otras personas, y cuyas compañeras de cama desaparecen una vez que acaba con ellas. O me preparo para morir entre terribles sufrimientos, y asumo que mis amigos y mi familia también van a morir.

Todo por culpa de Brett.

¿Cómo pude ser tan tonta? Nos conocimos online, durante mi primera incursión en el mundo de las citas por Internet. Éramos tan compatibles que parecía ridículo. Nuestra primera cita fue un sueño hecho realidad. El ambiente no podía ser más relajado, tal como siempre he pensado que debía ser el amor verdadero. ¿Y la atracción? Saltaban chispas. Al menos, al principio. Fui yo quien propuso que nos fugáramos y él me dijo que era la idea más romántica que había oído en la vida. Así que lo hicimos.

«Era un experimentado estafador.»

Pensé que le interesaba tanto la destilería porque era mi pasión y, después de la boda, incluso quiso involucrarse en el negocio. Íbamos a ser un equipo imparable, y eso me emocionaba. Hasta que lo vi con la otra. De repente, descubrí el motivo del escaso interés que demostraba por el sexo. Estaba demasiado ocupado tirándose a otra como para follar conmigo.

Y, entonces, llegó el momento de enfrentarse a los hechos. Brett Hyde me había estafado. Nunca quiso formar parte de un equipo. Solo quería usar la destilería como aval para pedirle un préstamo de medio millón de dólares a un hombre más espeluznante que el peor villano que haya creado Hollywood.

No dejo de imaginarme a una mujer bailando descalza sobre cristales hasta que no pudo soportar más el dolor y acabó cortándose las venas.

«Es un monstruo.»

Me abrazo con más fuerza las piernas. Magnolia regresa al cabo de un momento.

—Solo tengo cien mil disponibles. Mis amistades pueden prestarme doscientos mil más, tal vez doscientos cincuenta mil, pero no puedo reunir medio millón en una semana.

Parpadeo un par de veces y miro a mi mejor amiga hasta que caigo en la cuenta de que está hablando de prestarme dinero.

—No he venido para eso. No puedo aceptar...

—Claro que no has venido con la mano extendida, porque tú no eres de esas. Pero te lo daría si pudiera. Tu pescuezo no es el único que está en peligro, cariño. Si fallas, los demás vamos detrás de ti.

Ayer por la mañana, me desperté como todos los días: decidida a conquistar el mundo del whisky y a convertir Seven Sinners en la marca famosa que hasta ahora no ha sido. Hoy me pregunto si dentro de una semana seguiré con vida.

Y todo por culpa de Lachlan Mount. No, todo por culpa de Brett.

—Ya le he dicho que no tengo esa cantidad de dinero. Ya lo sabe.

Magnolia asiente con la cabeza y se muerde el labio inferior.

—No me sorprende en absoluto. Ese hombre sabe todo lo que se cuece en la ciudad. Lo que sí me sorprende es que esté dispuesto a cobrarse una deuda de medio millón en carne.

Su crudo lenguaje me hace dar un respingo, pero si algo he respetado siempre de Magnolia es su costumbre de llamar al pan, pan y al vino, vino.

—He oído que acepta terrenos, casas, yates, caballos de carreras y coches, pero nunca había oído que aceptara una mujer. Esto no es normal en él.

Los engranajes de mi cerebro giran despacio, como si estuvieran oxidados por la sobrecarga de información.

—¿Por qué se desvía del patrón?

Magnolia ladea la cabeza y examina el desastre que debo de presentar a la vista.

—¿Te has mirado en el espejo últimamente? Entre vomitera y vomitera, me refiero.

Pongo los ojos en blanco.

—Keke, estás como un tren. Podría concertarte citas todos los días de la semana y turnos dobles los fines de semana.

—Sé que lo dices como un halago, pero...

—No hay peros que valgan. Tienes buenas tetas, un buen culo y esa preciosa melena pelirroja que hace que los hombres piensen que van a encontrarse con una hoguera cuando te tengan debajo. Y mejor no decir nada de tus ojos. Llevas colgada la etiqueta de «intocable». Y, lo mejor de todo, es que ni siquiera eres consciente de esa realidad.

—Es evidente que Brett no pensaba igual. —Ni siquiera sé por qué he dicho eso. El recordatorio de que mi marido me ponía los cuernos se hace más doloroso a medida que pasa el tiempo.

—Brett solo fue un peón asqueroso que no te mereció

nunca. Y, ahora mismo, tienes que dejar de preocuparte por él y empezar a preocuparte por Mount.

Me llevo una mano a la nariz para pellizcarme el puente.

—No sé ni por dónde empezar.

Magnolia ladea una cadera.

—Me da en la nariz que él va a llevar el mando, así que da igual lo que hagas. En realidad, a lo mejor esa es tu salvación. Según tengo entendido, las otras eran todas calladitas y sumisas...

Me echo hacia atrás, espantada.

—Yo no soy así.

Magnolia levanta una mano.

—No me digas. A lo mejor es eso. Tienes un temperamento y un carácter a juego con ese culo respingón, así que tal vez debas usarlo.

No me gusta lo que está insinuando, y tanto es así que se me forma un nudo en las entrañas.

—No te entiendo. En absoluto.

—Nadie desafía a Lachlan Mount. Nadie le planta cara. Pero tú tienes algo que le ha llamado la atención. Me lo dice el instinto. Así que tienes que usarlo. Saca tu carácter. No permitas que te avasalle. —Y añade en voz más baja—: Keke, no dejes que te destruya. Aférrate al orgullo y no lo abandones nunca. Porque de esa manera, no sabrá cómo lidiar contigo.

La idea de que Mount tenga que lidiar conmigo me revuelve el estómago.

—¿De verdad que no hay otra alternativa? Ningún otro cliente... —Me resulta increíble plantear siquiera esa opción.

Magnolia acaba con la poca esperanza que me queda al negar con la cabeza.

—Estás marcada. Lachlan Mount es tu dueño, aunque no te haya tocado todavía. Nadie más se acercará a ti, porque todo el mundo aprecia sus extremidades.

—Me ha dado una semana. Tengo que encontrar otra alternativa.

—Esa es la parte que he estado intentando comprender. Cuando una deuda con Lachlan Mount vence... vence. Punto.

—¿Y si lo denuncio a la policía? ¿Harán algo?

Magnolia pone los ojos en blanco, como si estuviera suplicándole paciencia a la divinidad.

—Por favor, dime que estás de broma. Porque como se te ocurra adentrarte por ese camino, acabaremos todos muertos.

—Así que me estás diciendo... que tengo que hacerlo.

Me mira a los ojos y percibo la seriedad de su expresión.

—No tienes alternativa. Si quieres seguir viviendo, claro está.

—¿Y quieres que desafíe al hombre a quien nunca han desafiado? —Suelto una carcajada estrangulada—. ¿Estás intentando que me mate?

Ella niega de nuevo con la cabeza y se muerde el labio inferior mientras levanta un dedo.

—No. Estoy intentando salvarte.

—Joder —susurro. La verdad, ¿qué otra cosa puedo decir en esta situación?

—Pero hay una cosa que no debes perder de vista, guapa.

No quiero saber de lo que está hablando, porque seguramente sea de algo peligroso y horrible, pero tengo que preguntarle.

—¿El qué?

—Cuando acumulas tanto poder como el que tiene Mount, tanto carisma, tanto porte, la gente lo percibe.

—No te entiendo.

—Escúchame, Keke. Presta atención. —El deje acerado de su voz me dice que está hablando muy en serio—. Va a conseguir que tu cabeza luche contra tu cuerpo.

Se me acelera el corazón otra vez.

—No te entiendo.

Magnolia suelta un hondo suspiro.

—Te lo explicaré de forma sencilla. Vas a decirte que no lo deseas, que lo odias, que todo esto está pasando en contra de tu voluntad. Pero ese hombre tiene algo que me dice que va a comerte la cabeza y que va a conseguir que tu cuerpo te traicione. Hazme caso, Keke. Va a conseguir que disfrutes en el proceso. Va a conseguir que lo desees.

La seriedad de su mirada hace que me pegue al respaldo del sofá.

—Qué va. Ni de coña, vamos. —Me pongo en pie de un brinco con los puños apretados a ambos lados del cuerpo.

—Ya lo verás, joder. Así que más te vale asimilarlo. —Se acerca a mí y me aferra un brazo de tal manera que me clava las uñas—. No hay nada bochornoso en disfrutar de lo que vaya a pasar, si acaso llegas a ese extremo. Mis chicas lo hacen a todas horas. ¿Un cliente que está tan bueno que se lo tirarían gratis? Ni siquiera les parece trabajo.

Me tenso bajo el apretón de su mano.

—Yo no soy una de tus chicas —le recuerdo, hablando entre dientes.

—Pero eres una mujer, y la atracción sexual no es algo contra lo que puedas luchar. —Hay tanta sabiduría en su mirada que ni siquiera alcanzo a entenderlo del todo. Afloja la mano con la que me sujeta—. Sé... precavida. Mount no es como los hombres a los que tú conoces. Hagas lo que hagas, no le demuestres miedo. No permitas que te coma la cabeza. Eres fuerte. Aférrate a esa fuerza. Y si disfrutas del momento... ¿qué hay de malo en eso? —Me suelta el brazo y se encoge de hombros.

—Ni de coña.

# 5

## Keira

No recuerdo ni cómo volví a casa en coche.

Debería haber vuelto al trabajo. Hay que ocuparse de los últimos detalles del evento para recaudar fondos y debería estar pidiendo información sobre algunas peticiones que nos han hecho. Pero soy incapaz. Mi cerebro no se concentra y, en cambio, me encuentro aparcando en mi plaza, en mi ruinoso edificio de apartamentos. Cuando me doy cuenta de dónde estoy, llamo a Temperance para decirle que no me encuentro bien. A ver, no es mentira, y no solo porque he echado la pota en el apartamento de Magnolia.

Me niego a creer que hay una sola solución a este lío que no implique la muerte de todos mis seres queridos. Pero lo mire como lo mire, la vida tal cual la conozco se ha acabado.

«Y desaparecen después de unos meses. Como si jamás hubieran existido.»

Mount no puede hacerme desaparecer. A mi alrededor, hay personas que se darían cuenta y que pondrían el grito en el cielo si la policía no se esforzara en buscarme. No soy una chica cualquiera de un país extranjero, ni soy como Richelle, sin familia para mantener vivo el caso después de que la policía lo archivara.

Cuando abro la puerta del coche y salgo, un BMW aparca junto a la acera, al otro lado de la calle.

¿Me está siguiendo? ¿O es un coche cualquiera y la cabeza me está jugando una mala pasada? Sea como sea, el hecho de no poder ver a través de los cristales tintados me pone de los nervios. Me cuelgo el bolso del hombro y cierro el coche.

Las llaves me cuelgan de los dedos temblorosos mientras recorro con paso titubeante la distancia que me separa de la puerta de entrada. Una vez dentro, miro por encima del hombro hacia el coche, pero nadie sale ni baja la ventanilla.

«Pasa. No es nada», me digo. Además, tal como Magnolia me ha puesto la situación, Mount no tendría motivos para seguirme si ya lo sabe todo acerca de mí.

Esta certeza hace que me sienta desnuda, aunque vaya vestida.

«A menos que te esté vigilando por si decides huir.»

Subo las escaleras a duras penas hasta mi apartamento del tercer piso, el que alquilé el día que me reuní con el abogado con la idea de pedir el divorcio. Mi casa adosada, a la que se mudó Brett el día que nos casamos, es de alquiler y el contrato está a punto de vencer. Pensaba renovarlo. Al menos hasta...

Destierro los recuerdos de aquel día y me concentro en entrar en el piso. Podría haber escogido un lugar más acogedor para vivir después del divorcio, pero ya había planeado reducirme el sueldo al mínimo para seguir pagando las deudas de la destilería.

Mis padres vendieron su casa cuando se mudaron a Florida, así que eso estaba descartado. Cuando volvieron para el funeral de Brett, mi padre se cabreó al enterarse de que pensaba mudarme a lo que él llamó un «cuchitril», pero me inventé la excusa de que estaba más cerca del trabajo y de que ya no necesitaba tanto espacio para no renovar el contrato de alquiler. No podía admitir que no veía factible ponerme un sueldo con el que poder pagar la casa adosada o con el que buscarme un sitio mejor. No estaba dispuesta a admitir la mala racha que estábamos atravesando.

Conociendo a mi padre, habría insistido en abandonar la jubilación para recuperar el control, pero eso era lo último que quería que hiciese. No solo porque quiero ser yo quien controle la empresa, sino porque me temía que le daría un ataque al corazón cuando se diera cuenta del daño que había hecho Brett y de lo cerca que estaba Seven Sinners de fracasar.

Mis padres solo sabían que Brett me había engañado, que iba a dejarlo y que luego murió en un trágico accidente de tráfico antes de que yo pudiera pedir el divorcio. En una muestra de compromiso, dejé que mi padre instalara dos pestillos nuevos en la endeble puerta del piso. Eso fue hace tres meses, y todo lo que ha pasado desde entonces está borroso.

Me enfrenté a la situación día a día, asegurándome de pagar las facturas y de poner en orden los asuntos de Brett. Con el enorme cheque que vamos a recibir dentro de poco por el evento para recaudar fondos, creía que por fin tendríamos un respiro.

Pero no.

Ahora las cosas están peor que nunca.

Me arden los dedos por el deseo de coger el teléfono y llamar a mi padre en busca de consejo, pero sé que no puedo. Si lo que hizo Brett podría provocarle un infarto, lo que Mount sugirió le provocaría un fallo multiorgánico. Y si no, seguro que aparecería con una escopeta e intentaría darle caza a Mount, y según la información de Magnolia, todos moriríamos.

Así que no se lo diré a mis padres, y desde luego que no se lo diré a mis hermanas pequeñas. Imogen está terminando su doctorado y Jury está de juerga en algún lugar exótico, trabajando detrás de una barra o encima de ella en alguna parte, lo justo para costearse su estilo de vida.

Mi decisión está clara: mi familia no puede enterarse jamás de nada de esto.

Suelto el bolso en el descolorido sillón de terciopelo azul del salón y voy a la cocina, decidida a sacar una botella de whisky, porque la otra la he dejado en casa de Magnolia.

Estoy a medio camino cuando me quedo helada.

Una copia del reconocimiento de deuda está en la encimera. Sé que es una copia porque tengo el original en el bolso.

Ha estado aquí.

Me abruman las ganas de salir huyendo, pero recuerdo el coche aparcado fuera del edificio, así que cojo el documento de la ajada encimera de formica. Algo metálico rebota en el suelo cuando cae otro papel.

Busco por las baldosas del suelo, descoloridas y manchadas, pero no veo nada salvo la nota con dos palabras escritas con una letra de trazo grueso que reconozco a la primera.

*Seis días.*

Dejo la nota donde está e intento controlar otro estremecimiento de miedo mientras me pongo de rodillas para buscar lo que sea que haya dejado además de eso.

Voy a gatas hasta la mesita auxiliar y veo que algo reluce al sol de la tarde, junto a una de las patas. Me agacho para cogerlo, pero me tiemblan tanto los dedos que casi no soy capaz.

Ni de coña. Imposible. No puede ser...

Sostengo en alto el anillo dorado y leo la inscripción que hay en la cara interna de la alianza de mi difunto marido. Se me hiela la sangre en las venas.

¿Cómo? ¿Por qué?

Me pongo en pie de un salto, corro al sillón, agarro el bolso y salgo pitando hacia la puerta. Una vez que quito los pestillos, la abro de golpe y estoy lista para salir corriendo hacia el coche.

Pero choco con un cuerpo masculino.

Levanto la vista, esperando ver a Mount, pero no es él. ¿Por qué se iba a molestar con una tarea tan insignificante cuando tiene que dirigir todo un imperio?

Es mi casero, Phil.

—¿Va todo bien, Keira?

Quiero gritarle que todo va fatal, pero asiento con la cabeza y susurro:

—Bien, genial. Aunque creo que se me ha olvidado cerrar el coche con llave. Tengo que ir a comprobarlo.

Phil asiente con la cabeza.

—Hay que tener mucho cuidado en este barrio.

Echa a andar por el pasillo y yo cierro con llave la puerta de mi piso, aunque una parte de mi cerebro se pregunta para qué me molesto, cuando es evidente que los pestillos no son un impedimento para Mount o para quienquiera que haya enviado.

Salgo en tromba del edificio y miro al otro lado de la calle. El BMW negro ha desaparecido y, en su lugar, hay un Prius plateado.

Las palabras de la nota vuelven a mi cabeza.

«Seis días.»

Lo único que voy a conseguir en estos seis días es volverme completamente loca.

Una vez que me encierro en el coche y meto la llave en el

contacto, inspiro hondo y suelto el aire despacio en un intento por calmar los latidos de mi corazón.

El instinto me está gritando que salga corriendo, pero ¿adónde coño voy?

Mount ha estado en mi despacho de la destilería. Ha estado en mi piso. Ya ningún sitio me parece seguro.

¿Podría ser esto parte de su plan? Me quiere impotente, como si no tuviera alternativas. Me quiere débil. Indefensa. Bajo su control.

«Me has subestimado, Mount. Puede que me consigas, pero no me presentaré ante ti acobardada.»

Sentada en mi destartalado Honda Civic, me hago una promesa.

«No voy a huir. No voy a esconderme. Y ni de coña voy a poner en peligro a mis seres queridos llevando este monstruo a sus casas.»

Saco la llave del contacto y salgo del coche antes de cerrarlo de nuevo y volver por donde he venido, sintiéndome más tranquila con cada paso. Una vez dentro del piso, saco una botella de Seven Sinners de un solo barril y un vaso. Lo dejo todo, las dos versiones del reconocimiento de deuda, la alianza de Brett y mi aviso de seis días, delante de mí.

Esta noche, voy a releer cada palabra de mi sentencia de muerte y, después, voy a emborracharme.

# 6

## Keira

Ir a trabajar con resaca es una putada, sobre todo cuando eres la jefa. Pero no me queda más remedio. La única manera de dormirme anoche era si empinaba el codo. Así que me bebí botella y media de whisky. Cosas de tener aguante y tal.

Mientras desempeño mis tareas de forma automática, mis empleados fingen que no estoy rara. Hasta Temperance mantiene las distancias y no dice ni pío sobre el evento para recaudar fondos.

A la hora del almuerzo, siento que el estómago ya es capaz de tolerar la comida, así que subo la escalera hasta la última planta de la destilería, donde tenemos un increíble restaurante que, además de ofrecer una comida fantástica, también ofrece una panorámica de 360 grados de la ciudad. Diseñé la remodelación después de ver fotos del Gravity Bar en el Guinness Storehouse de Dublín, porque no he tenido el placer de visitarlo en persona.

Con la deuda de Brett y las amenazas de Mount, es posible que no vaya nunca.

Aunque es la hora punta del almuerzo, el local está tranquilo. Saludo a un trío de empresarios con un gesto de cabeza y charlo un rato con un par de señoras que me preguntan por mi madre y por cómo le va a mi familia en Florida.

—Dicen que no van a volver a Nueva Orleans, pero ya veremos.

—A disfrutar de la vida. Es maravilloso que pudieran conservar el negocio en la familia y jubilarse. Hoy en día es difícil seguir a flote.

—Sí que lo es. —Me obligo a sonreír—. Que disfruten del almuerzo.

Entro en la cocina y le sonrío a Odile, nuestra chef, que menea la cabeza al verme.

—Le diré a alguien que te lleve lo de siempre al despacho. No hace falta que esperes aquí en la cocina con el calor que hace mientras te lo preparo. Me obligas a servir el catering a esos ricachones cuando organizan un evento, así que no veo por qué no puedo hacer lo mismo contigo.

—Eres una diosa y todos esos ricachones nos ayudan a mantener el negocio.

Me replica con un resoplido.

—Eres tú la que lo consigues. Por tu cabezonería irlandesa. Ahora solo te hace falta aprender a usar el teléfono para llamar y encargar la comida, que es lo que debe hacer cualquier directora general que se precie.

No puedo decirle que he tenido que salir del despacho porque todavía flota en el aire el perfume de Mount, y que, cada vez que cierro los ojos, lo veo sentado a mi mesa o acorralándome contra la puerta.

—Mañana. Te lo juro.

Evito de nuevo el ascensor y bajo por la escalera. Es básicamente el único ejercicio que hago, y el ascensor tarda más en llevarme de vuelta al sótano.

No sé cómo lo harán en otras destilerías; pero, en mi familia, que el despacho de la directora general esté en el sótano significa que ha aprendido el negocio desde abajo hasta arriba, y nos sirve como recordatorio de que siempre hay que ser humilde y mantener los pies en el suelo.

Siempre me ha encantado el sótano por ese motivo, me gusta hasta el leve olor a moho que desprenden las viejas vigas de madera. Pero ahora me parece un lugar extraño y amenazador.

Cuando llego al despacho, finjo actuar con mi habitual confianza mientras aferro el pomo de la puerta y me digo que no hay motivo alguno para temer lo que pueda encontrar dentro. Pero, tan pronto como abro, descubro que me equivoco.

La lámpara del escritorio estaba apagada cuando me fui y ahora está encendida. En el charco de luz hay otra nota.

*Cinco días.*

Debajo veo la foto enmarcada en la que salimos mis hermanas y yo, y que suele estar colgada en la pared, detrás de mi mesa.

Mi instinto es quedarme paralizada de nuevo por el terror; pero, en cambio, decido hacer una declaración de intenciones con los dientes apretados.

—Mount, no me asustas. Me niego a acobardarme.

En esta ocasión, nadie me responde desde la oscuridad.

Las notas siguen llegando.

«Cuatro días», con una foto mía y de Magnolia que nos hicimos en el Sagrado Corazón cuando estábamos en tercero de secundaria. La encontré en el asiento delantero del coche, que dejé cerrado.

«Tres días», con una copia de la foto del periódico en la

que salgo con mis empleados. La he encontrado enrollada y metida en el buzón.

«Dos días», con una foto mía en mi dichoso restaurante, metida en una caja de folios en el almacén situado frente a mi despacho.

«Un día», con una foto de mis padres hecha a cierta distancia en el campo de golf, y en la que llevan la misma ropa que llevaban en el selfie que subieron a Facebook ayer. La encontré en mi bolso, que siempre guardo bajo llave en el archivador, cuando lo he sacado para buscar la tarjeta de crédito.

Mount ha dejado claras sus intenciones, y yo estoy a punto de volverme loca por la angustia de no saber lo que va a pasar a continuación.

Suelto el bolígrafo, incapaz de concentrarme en nada, ni siquiera en la lectura de la agenda de la Convención Mundial de Whisky y Bebidas Espirituosas que se celebrará en Dublín la semana que viene y a la que no podré asistir porque Seven Sinners no puede permitirse comprar bolígrafos de más, mucho menos sufragar ese pastizal. A lo mejor el año que viene. Si sigo viva.

Estoy harta de esperar. Harta de preguntarme qué va a pasar. Cojo el móvil y llamo a la única persona con la que puedo hablar de este desastre.

—¿Dónde puedo localizarlo?

No es una pregunta, es una orden, y Magnolia no tarda en contestarme.

—Es él quien te localiza a ti, Keke, no al contrario.

—Pero me ha mandado una foto de mis padres que les hicieron ayer.

—Ya te he dicho que este tío no tontea —replica con serenidad.

—Vale, pues yo ya no puedo más, estoy harta de esperar.

Hasta aquí he llegado. Hasta aquí. Si me busca, va a encontrarme, y te juro que va a desear no haberlo hecho.

El silencio se alarga unos cuantos segundos.

—Cariño, tienes que rebajar ese temperamento tuyo de pelirroja. Esto no es un juego donde tú pongas las reglas. Ya te he dicho cómo funciona. Es él quien manda o...

—O la gente muere —la interrumpo—. Ya lo he pillado. Acaba de dejar claro su estilo, y no puedo más. Quiero acabar con esto. Dime dónde coño puedo encontrarlo.

—Keke...

—No me digas que no lo sabes, porque no me lo creo.

Magnolia suelta un largo suspiro.

—No lo sé con certeza y no te miento. Pero he oído que si vas a un bar concreto de Bourbon Street y dices la contraseña adecuada, alguien te examinará y puede que te lleve a verlo. Si él quiere verte. Es como la reina de Inglaterra. No puedes exigir una audiencia así sin más.

—Pues será mejor que quiera verme. Eso es lo que quiere, ¿no? ¿A mí?

—Piénsalo bien antes de cometer una estupidez. El bar y la chorrada de la contraseña solo son rumores que se oyen por ahí y, para que conste en acta, yo que tú no lo intentaría. Espera y ya está. Solo te queda un día más y él moverá ficha.

Es como si Magnolia no me conociera desde que teníamos diez años. La paciencia nunca ha sido mi punto fuerte.

—No. No más esperas. Voy a pasar a la ofensiva. Dime dónde tengo que ir y lo que tengo que decir.

—Es una mala idea, Keke.

El corazón se me acelera y se me forma un nudo en la garganta que casi me impide hablar. A lo mejor es el sentido común que está intentando intervenir. «Pésima.» Trago saliva y le doy la orden una vez más.

—Dímelo, Mags.

Durante unos cuantos segundos, creo que no va a decírmelo, pero al final suelta la información.

—Piensa bien lo que vas a hacer, guapa. No te conviene cabrear a este oso. Hay un montón de gente en la cuerda floja contigo, y no lo digo por egoísmo. Yo estoy preparada para conocer al Creador el día que toque, pero me gustaría que no fuera hoy mismo.

Respiro hondo, contengo el aliento y, después, lo expulso despacio.

—Luego te digo lo que he decidido hacer. —Corto la llamada antes de que intente hacerme cambiar de idea otra vez.

Tras dejar el móvil en la mesa, miro el reconocimiento de deuda que ha regido cada segundo de mi vida durante los últimos seis días. El reconocimiento de deuda que me convertirá en una puta para pagar la deuda del cabronazo de mi difunto marido.

Se me escapa una carcajada histérica. Qué ridículo parece todo. Nunca me he tragado la ridiculez esa de que la vida tiene que ser justa, pero ¿por qué me ha tenido que tocar esto? Recuerdo el momento en el que oí la voz de Mount, en este mismo despacho, mientras hablaba con Brett. No fue el día que firmaron el reconocimiento de deuda, eso lo tengo claro. Fue después.

¿Tal vez discutieron sobre el pago?

Ojalá me hubiera dado por pegar la oreja por una vez en la vida, porque de esa manera a lo mejor tendría algún tipo de munición con la que enfrentarme al diablo en su guarida.

Lo único que recuerdo es el murmullo de Brett y la ira en la voz del desconocido. Eso no me ayuda en nada. Ahora tengo el nombre del bar y una contraseña secreta. Esto parece como el bar clandestino de la época de la Ley Seca en el que mi bisabuelo vendía whisky de contrabando para alimentar a la familia.

Los Kilgore siempre hemos hecho lo necesario para sobrevivir, y yo he heredado ese rasgo de nuestro carácter.

Pero ese instinto de supervivencia ¿implica esperar un día más o salir en su busca?

Me cuelgo el bolso al hombro y salgo del despacho, sin haber tomado una decisión en firme.

# 7

## Keira

Decido esperar un día antes de hacer una locura. Al fin y al cabo, ya está todo dicho, porque es el Día D. El día de pago.

—¿Que quiere que le tatúe el qué en el culo? —El gigante barbudo me mira con una cara de sorpresa que no habría esperado en un salón de tatuajes de Nueva Orleans llamado Voodoo Ink.

—A ti te da lo mismo, ¿no?

Se inclina hacia delante y apoya los brazos, tatuados de arriba abajo, en el mostrador.

—Mire, señora, para empezar, tengo la agenda completa durante los próximos seis meses.

Me cruzo de brazos y lo miro como si sus palabras no me impresionaran, aunque lo hacen. «¿Quién iba a decir que este sitio era tan bueno?»

—No creo que vaya a tardar más de quince minutos. Seguro que puede hacerme un huequecito en su ajetreada agenda.

Alguien se echa a reír en la trastienda y se oye el repiqueteo de unos tacones sobre las baldosas blancas y negras que se dirigen a la parte delantera del local. Una mujer despampanante con un flequillo a lo Betty Page teñido de azul eléctrico me mira fijamente.

—La única razón por la que una mujer quiere tatuarse «Sin Dueño» en el culo es por una mala ruptura.

—¿La clase de ruptura que acaba con el marido infiel calcinado dentro de un coche en Ninth Ward? —Los miro a ambos mientras siento una opresión en el pecho al soltarlo con tanta brusquedad, pero las cosas son como son.

El hombre se aparta del mostrador y la mujer pone los ojos como platos. El cambio en su forma de comportarse hace que crea que ya saben quién soy. La muerte de Brett desde luego abrió los telediarios.

—Me temo que hoy no podré ayudarla y tengo la sensación de que la mayoría de los salones de la ciudad le dará la misma respuesta —dice él, y su voz ronca se ha suavizado un poco.

La mujer rodea el mostrador.

—¿Qué te parece si vamos a tomarnos un café aquí al lado y así puedes «confesarte con una desconocida» para sacártelo de encima sin cometer el terrible error de hacerte un tatuaje espantoso del que te arrepentirás toda la vida?

Tengo que morderme la lengua para no decirle que mi vida seguramente no vaya a ser muy larga y, en cambio, sigo el contoneo de su falda retro de color rosa, con un cancán negro que asoma por debajo del dobladillo, cuando sale delante de mí del salón de tatuajes.

La cafetería de al lado en realidad es una pastelería especializada en dónuts llamada «Tu agujero preferido». Nunca he entrado porque cada dónut que como se me va al culo que quería tatuarme y casi todos los vaqueros que tengo ya me van justos.

La mujer pide por las dos sin molestarse en preguntarme qué me apetece. La camarera nos prepara las bebidas en tiempo récord y nos da una bolsa con bolitas de dónut.

—Este es para ti. —Señala con la cabeza uno de los vasos y coge el otro más la bolsa de bolitas para llevárselas a una mesa.

Cojo el café y la sigo.

—Me llamo Delilah, por cierto —dice al tiempo que extiende la mano libre.

—Keira.

—Kilgore, ¿verdad? Me lo he supuesto después de lo que has dicho. No mucha gente puede repetir ese desastre. Pero, la verdad, me ha parecido reconocerte antes de eso. Haces un whisky irlandés que es la leche. Me encanta el de malta, y también ese cóctel que haces con limonada y una hojita de menta. De verdad, está de muerte. —Hace una pausa—. Y, para que lo sepas, siento muchísimo lo de tu marido. Pasara lo que pasase, fue espantoso.

Por algún motivo, me entran ganas de llorar, pero me contengo. Ya he llorado más de la cuenta por Brett.

En cambio, replico:

—No sabes cuánto.

Bebe un sorbo de café antes de soltar el vaso en la mesa.

—Te creo. Bueno, ¿vas a contarme qué te ha llevado a querer tatuarte eso? Porque te sorprendería la cantidad de anécdotas que puedo contarte que empiezan con nuestra negativa a tatuarle el culo a alguien.

Por un instante, se me pasa por la cabeza contarle el marrón en el que estoy metida, pero no puedo arriesgarme a poner a otro inocente en el disparadero. O, para ser exacta, en el punto de mira.

—A lo mejor tengo ganas de declarar mi independencia —respondo sin entrar en detalles.

—Lo que implica que tienes la sensación de que alguien intenta arrebatártela.

La miro fijamente al oír un comentario tan sagaz.

—¿Eres tatuadora o psicóloga?

Se echa a reír y mete la mano en la bolsa para sacar una bolita. Y, Dios, huelen de maravilla. Canela, azúcar y toda esa deliciosa masa de dónut. Me tienta la idea de coger una, pero me contengo bebiendo un sorbo de café. Que sabe mucho a como huelen las bolitas de dónut.

—Ejerzo un poco de ambas profesiones todos los días. He visto un montón de cosas. Y he oído muchas más. —Echa un vistazo por el local como si quisiera asegurarse de que nadie nos oye antes de continuar—. Sé que no me conoces, pero voy a darte un consejo. Supongo que estás metida en un buen lío, sobre todo teniendo en cuenta el coche con ventanillas tintadas que está aparcado al otro lado de la calle y el tío que finge no estar vigilándote.

Hago ademán de volver la cabeza hacia el escaparate, pero ella me lo impide al tirarme una bolita a la cara que me pega en la frente, distrayéndome.

—¡Oye!

—No mires.

Empieza a latirme la cabeza, de modo que bebo un buen sorbo del café con la esperanza de que el chute de cafeína corte de raíz el incipiente dolor de cabeza.

—Vale, vale. ¿Qué me ibas a decir? —le pregunto al tiempo que dejo el vaso entre nosotras.

—Aunque tal vez quieras dejar clara tu independencia, e incluso mandar un claro mensaje a alguien, te sugiero que lo hagas de una forma algo menos permanente que un tatuaje en el culo. Lo de que te vas a arrepentir toda la vida no es broma.

Aunque me ha dicho que no mire, vuelvo a levantar el vaso de café con gesto tranquilo y vuelco la bolsa con las bolitas de dónut, de modo que se desparraman sobre la mesa. Mientras Delilah está distraída, echo un vistazo.

Y sí, hay un hombre trajeado apoyado en una farola, con un periódico debajo del brazo. Un BMW negro está aparcado en la plaza que tiene delante.

Delilah me pilla.

—Te he dicho que no mires.

—¿Importa mucho?

—¿El hecho de que te esté siguiendo y de que lo sepas, y de que él también sepa que lo sabes? —Se encoge de hombros—. No lo sé. Depende de con quién estés tratando.

Bajo la mirada al vaso y jugueteo con la tapa.

—Mierda. Es jodido, ¿verdad?

Solo atino a asentir con la cabeza.

—¿Estás muy acorralada? —me pregunta.

La miro fijamente.

—¿Y a ti qué te importa?

—En Voodoo Ink recogemos muchas almas perdidas, y aunque nunca consideraría a Keira Kilgore de Seven Sinners como una, hoy pareces menos compuesta de lo que habría esperado teniendo en cuenta tu reputación. Pero si hay algo que pueda hacer para ayudar, solo tienes que decírmelo.

—No hay nada que nadie puede hacer para ayudar. A ver, a menos que seas muy rica y tengas un montón de pasta en efectivo. —Cojo una bolita y me la meto en la boca para no decir nada más.

Mientras mastico, Delilah me observa detenidamente.

—Vale, no me lo cuentes, pero si de verdad quieres hacer esto, puedo recomendarte un buen tatuador con henna que está a un par de manzanas de aquí.

Salgo del salón de tatuajes de henna con la sensación de que he recuperado un mínimo de control sobre mi vida.

Con deuda o sin ella, al menos queda claro ahora, de forma semipermanente, que ningún hombre será mi dueño. Esa perla de pensamiento positivo me acompaña de vuelta a casa, pero acaba aplastada por el miedo más atroz cuando abro la puerta del dormitorio y me encuentro una caja sobre la cama.

No hay distintivos ni logotipos, solo una caja grande y brillante del tamaño perfecto para contener varias extremidades seccionadas.

Dios Santo. ¿Cuándo he empezado a pensar de esta manera?

Mi voz interior no se molesta en contestar porque la pregunta es retórica. Tampoco tengo dudas de quién me lo ha dejado.

Cojo el teléfono y llamo a Magnolia.

—Por favor, dime que no has cometido una tontería —me dice en vez de saludarme.

—Ninguna tontería irreparable.

Su suspiro aliviado me llega desde el otro lado.

—¿No has ido a buscarlo?

—No, pero estoy mirando una caja que hay en mi cama y que ha dejado él o alguno de sus hombres.

—¿Qué hay dentro?

—No la he abierto.

—¿Y a qué coño esperas, guapa?

—¿Y si hay partes de un cuerpo descuartizado dentro?

Se queda callada un momento.

—No has intentado huir. No has hecho ninguna tontería. Ni de coña te va a mandar eso. Abre la puta caja, Keke.

El hecho de que enumere con tanta calma los detalles por los que no debo de haber recibido partes de un cuerpo me recuerda la gravedad de la situación en la que me encuentro. Mi pequeña excursión con la henna parece una ridiculez ahora mismo. «Al menos, se negaron a tatuarme en Voodoo Ink...»

—No quiero abrirla. —Parezco terca y enfurruñada, como una niña que se niega a comerse la verdura del plato.

—No me obligues a ir a tu casa para abrirla porque tu terco culo irlandés no quiere hacerlo. Pon el altavoz, suelta el teléfono y abre la puta caja.

—Vale, vale. —Suelto el móvil, con el altavoz activado, sobre el cobertor gris y blanco y extiendo las manos hacia la tapa de la caja para abrirla.

—No estás gritando, así que supongo que hemos acertado con lo de las partes corporales.

No entiendo cómo Magnolia es capaz de tomarse esta situación tan bien, pero es otro indicio de que nuestras vidas, al menos hasta esta última semana, son totalmente distintas.

—Hay papel de seda. Es negro.

—Pues apártalo, guapa. Me muero de la curiosidad.

Aparto el papel y debajo encuentro una prenda de seda negra cuya tela se desliza sobre mis dedos como si fuera agua. Saco un vestido que debe de costar más que mi coche.

—Es un vestido. Corto y negro. Puede que de seda.

—Mejor que una mano. Mucho mejor. Seguro que es caro.

No me imagino a un hombre con la reputación de Mount escogiendo lo que quiere que me ponga mientras se cobra la deuda. Seguramente no lo haya hecho. A lo mejor tiene a alguien que se encarga de esas cosas.

Compruebo la talla. Claro que es la correcta. Empiezo a preguntarme cómo lo ha averiguado, pero recuerdo que han estado en mi piso más de una vez. Y luego me doy cuenta de la marca. Versace. Dios. Esto desde luego vale más que mi Honda.

—¿Qué más hay?

—Espera. Voy a sacarlo.

Dejo el vestido en la cama y saco más papel de seda, que envuelve un conjunto de lencería negro casi transparente con incrustaciones de pedrería que brilla como si fuera polvo de diamante.

«¿Y si son diamantes de verdad?»

Recuerdo haber leído acerca del sujetador que estaba hecho con diamantes y desde luego que he pasado por delante de escaparates de lencería fina, pero nunca he entrado porque casi no podía ni pagar un tanga.

Ver esto, ser la dueña de esto, debería emocionarme, pero solo siento una rabia feroz y un creciente resentimiento.

—Oigo más papel. ¿Qué más has encontrado ahí dentro?

—Lencería.

—Claro. Seguro que es de la buena.

—Seguramente cueste más que el alquiler de un mes —susurro mientras desenvuelvo otro objeto, que está en un rincón—. Y zapatos. —Levanto un zapato de tacón de aguja también con pedrería y examino el finísimo tacón y las delicadas tiras que me rodearán los tobillos y las pantorrillas.

—¿De qué clase?

Claro que quiere saberlo.

—Manolo Blahnik. —Desde luego nunca me imaginé siendo la dueña de un par de estos. Y ahora ni siquiera puedo disfrutarlos, ya que me los tendré que poner porque él así lo ha decretado.

—Joder, guapa. Ha ido a por lo mejor. Yo me lo tomaría como una buena señal.

El nudo que tengo en el estómago le lleva la contraria.

—¿Algo más?

Saco el otro zapato y encuentro una nota debajo, escrita con la misma letra que todas las demás.

*Un chófer te recogerá a las 21.00.*

Se la leo a Magnolia.

—Mejor cuelgas y empiezas a arreglarte. Tienes que conseguir que se caiga de espaldas, Keke. Que se coma él la cabeza en vez de comértela tú.

Pienso en la visita que he hecho antes.

—Lo intentaré con todas mis fuerzas. —Otra idea me asalta de repente y me atraganto con las palabras—. Si... si me pasa algo, ¿les dirás a mis padres y a mis hermanas...?

Magnolia me interrumpe.

—No vas a morir esta noche, cariño. Te lo garantizo. Dale a ese hombre lo que ni siquiera sabe que quiere, que es justo lo que eres tú, y no te pasará nada. Vamos, ponte a ello. Ponte la armadura y vete a matar a ese dragón.

Cuelgo y clavo la vista en los objetos que tengo encima de la cama. Debería sentirme como una princesa que se arregla para el baile, no como una prisionera que va a su ejecución. Claro que las princesas nunca han tenido que enfrentarse a Mount. Al menos, que yo sepa.

Cojo la nota.

No hay firma. No hay instrucciones ni órdenes para que me ponga la ropa que me ha enviado. Nada más allá de decirme a qué hora me «recogerán». La palabra por sí sola me enciende.

«Que le den.»

Todo mi ser me suplica que me rebele. También está el resquicio aterrado que me grita: «Mete algo de ropa en una bolsa y sal pitando al aeropuerto para montarte en un vuelo que te lleve a Madagascar.»

Cierro los ojos y recuerdo las fotos que he recibido a lo largo de la última semana. Mis hermanas. Mis padres. Magnolia. Mis empleados.

La imagen de una mujer bailando sobre trozos de cristal. Las pesadillas que se harían realidad si no obedezco. Huir sería un acto de egoísmo supremo, y yo no soy así, soy una buena persona.

Mount podrá quedarse con su libra de carne, pero eso es lo único que va a conseguir de mí.

# 8

## Keira

A través de las lamas de la persiana, veo cómo un coche negro aparca delante de mi edificio a las nueve en punto. Tengo sentimientos encontrados. Por una parte, desearía que hubiera llegado tarde; y, por otra, me alegra saber que ha llegado el momento de descubrir qué me deparará la noche.

¿Salgo? ¿Espero a que el chófer suba? La verdad, carezco de experiencia en este tipo de situaciones. Las reglas de etiqueta de Emily Post no tienen cabida en estas circunstancias.

Ya sé que son capaces de entrar en mi apartamento, así que ¿por qué facilitarles las cosas? Espero dentro como si fuera una adolescente y el chico con el que he quedado acabara de tocar el claxon para apremiarme a que salga y así no tener que verse obligado a llamar al timbre. Eso solo me ha pasado una vez en la vida, y mi padre no me permitió poner un pie fuera de casa. No, lo que hizo fue salir él para darle un susto de muerte al chico y una lección de educación. Huelga decir que, después de aquello, no me invitaron mucho más a salir.

El reloj del microondas marca las 21.01 y la puerta del coche sigue cerrada. De hecho, no se abre hasta las 21.03, cuando sale un hombre de expresión pétrea, ataviado con un traje impecable.

Ni siquiera se molesta en cerrar el carísimo coche con llave, aunque el vecindario se las trae. En un principio, lo tomo por idiota, pero luego llego a la conclusión de que la idiota soy yo. Si Mount es lo que la gente dice que es, nadie en su sano juicio se atrevería a robarle el coche.

Espero otro minuto más hasta oír que alguien llama a la puerta. Me aprieto el cinturón de la fina gabardina negra marca London Fog, una ganga que encontré en Costco por menos de cuarenta dólares. Seguramente, sea una baratija al lado de las prendas de diseñador que me ha mandado Mount, pero me importa un pito.

Tras inspirar para tranquilizarme, descorro el pestillo y abro la puerta.

El hombre me mira de arriba abajo y, después, hace un gesto con la cabeza para que salga. No me dice nada. Se limita a darse media vuelta y a enfilar el pasillo de vuelta a la escalera.

Cierro los ojos con fuerza y asomo al pasillo un pie calzado con el zapato de tacón de aguja, consciente de que cuando vuelva, si es que vuelvo, no seré la misma de ahora. Esta experiencia me cambiará inexorablemente, y ya odio a Mount solo por eso.

Aunque la sensación de seguridad que me proporciona mi apartamento es nula, cierro con llave las dos cerraduras antes de seguir al hombre silencioso hasta la escalera. Lo veo bajar despacio, como si supiera que no estoy acostumbrada a llevar tacones tan altos. Las desagradables luces fluorescentes del techo iluminan la cicatriz que le desfigura la parte izquierda de la cara. Salta a la vista que es antigua, pero que no se cerró bien.

¿Fue Mount quien le hizo la herida?

Cuando llegamos a la planta baja, me abre la puerta de la calle y me indica otra vez que salga con un gesto de la cabeza, como si quisiera que yo saliera primero.

Hago caso de la silenciosa orden y enfilo la agrietada acera caminando con los taconazos mientras Cicatriz me sigue sin hacer el menor ruido. Tampoco es que me haga falta oír sus pasos para saber que está ahí. Noto su presencia.

Cuando llego al coche, me quedo petrificada de repente al recordar la escasa probabilidad de que sobrevivas en caso de secuestro si el secuestrador consigue meterte en el coche.

La idea de salir corriendo se me pasa de nuevo por la cabeza, en esta ocasión iluminada por luces de neón.

Pero la siguen todos los motivos que evitaron que hiciera el equipaje y saliera corriendo hacia el aeropuerto, además del más razonable de todos: es imposible que llegue muy lejos con estos tacones si intento correr.

¿Qué consecuencias me acarrearía ese acto de cobardía? No quiero averiguarlo.

Cicatriz me abre la puerta trasera del coche y ni siquiera me hace el gesto de subir. Lo da por hecho. Nadie desobedece a su jefe, y lo sabe.

Agacho la cabeza para entrar en el coche más lujoso que he visto en la vida. El cómodo asiento de cuero de color marrón parece abrazarme nada más sentarme.

Ha llegado el momento. Se me queda la boca seca al pensarlo.

Solo soy la mercancía que Mount ha exigido que le entreguen. Ni siquiera merezco una sola palabra por parte del chófer mientras se sienta al volante y arranca el coche.

Teniendo en cuenta lo fuerte que me late el corazón ahora mismo, estoy segura de que voy a morir de un infarto antes de que el coche se mueva siquiera. Trago saliva, pero tengo la boca tan seca que es casi imposible.

Miro el discreto portabebidas del interior. En él hay una botella de agua Bling $H_2O$. Es la primera vez que veo una, pero recuerdo haber leído un artículo online sobre el ambicioso empresario que convirtió el agua de un manantial de Tennessee en un producto que cuesta cuarenta dólares solo por embotellarlo con cristal escarchado y ponerle cristales de Swarovski.

Al parecer, el «brillibrilli» parece ser la clave de la noche, como si hubiera elegido la marca de agua para que haga juego con los zapatos y con la lencería. O a lo mejor Mount es tan rico que le da igual derrochar el dinero en caprichos extravagantes.

Como no me fío de lo que pueda haber en el agua, paso de la botella y veo que Cicatriz me ofrece algo porque ha extendido el brazo entre ambos asientos delanteros.

Una capucha de tela negra. Parecida a las que la CIA usa con los terroristas cuando van a torturarlos.

Por Dios Bendito.

Si antes pensaba que me iba a dar un infarto, ahora estoy prácticamente segura.

Cicatriz sostiene la capucha sin decir nada.

¿Me rebelo o lo acepto? Esa es la pregunta que estoy segura de que me haré durante toda la noche.

La respondo en silencio al instante. Reservaré la rebelión para el hombre que la merece. Siempre y cuando pueda reunir el valor en el momento adecuado.

—Vale —le suelto y le quito la capucha de un tirón para ponérmela en la cabeza.

Al fin y al cabo, no me he pasado una hora peinándome. Me he negado a concederle a Mount semejante consideración. Ya tenía el pelo hecho un desastre después de haberme pasado el día mesándomelo por culpa de los nervios, así que ahora es mejor no mirarlo.

Me da igual.

Una vez sumida en la oscuridad, Cicatriz arranca el coche y enfila la calle sin decir ni pío. Oigo los ruidos del exterior, como si el resto de mis sentidos se hubiera aguzado mientras intento averiguar adónde me conduce.

El tráfico parece intensificarse, porque oigo bocinas y música a lo lejos.

¿Vamos al Barrio Francés? ¿Me está llevando al bar del que me habló Magnolia? ¿Al de la contraseña? Es imposible que lo sepa a menos que me quite la capucha, y tengo la impresión de que eso no me reportaría nada bueno.

Veinte minutos después, oigo el crujido de la gravilla bajo las ruedas y el coche dobla en una esquina antes de avanzar lentamente.

¿Un garaje? ¿Un almacén? Ni idea.

Cicatriz apaga el motor y abre su puerta. Al cabo de un momento, noto una corriente de aire frío en las piernas y me aprieto el cinturón de la gabardina.

Al notar que me ponen una mano en el brazo, doy un respingo en el asiento de cuero.

—La próxima vez avisa si no te importa, ¿vale? ¿Quieres que me dé un infarto antes de llegar adonde narices vayamos?

Él no contesta, se limita a ayudarme a bajar del coche porque sigo con la capucha puesta. Espero que me dé la mano para guiarme poco a poco y así no dar un tropiezo; pero, en cambio, me coge en brazos como si fuéramos una pareja en la noche de bodas.

La idea me provoca un nudo en el estómago, porque recuerdo a Brett llevándome en brazos mientras entrábamos en mi casa después de habernos fugado.

Cabrón mentiroso...

La furia me corre por las venas de nuevo y me endereza

la espalda, ofreciéndome el valor que necesito para enfrentarme al hombre más aterrador de toda Nueva Orleans.

Intento estar atenta a todos los giros, subidas y bajadas que hacemos, y a los sonidos de las puertas que se abren o que se deslizan; pero cuando Cicatriz me deja de nuevo en el suelo, estoy totalmente desorientada.

El primer olor que percibo es una suave mezcla de tabaco, cuero y libros antiguos. Oigo pasos que se alejan y, después, otra puerta que se desliza. Si no tuviera la capucha puesta, ni siquiera me habría percatado.

Me arranco la capucha de un tirón y mis ojos se adaptan a la penumbra mientras la adrenalina corre por mis venas.

Lucha o huye.

Estoy lista.

Espero encontrarme con un hombre con pinta de chulo, el que se sentó a mi mesa como si le perteneciera, pero no hay nadie.

Me doy media vuelta despacio, manteniéndome erguida sobre los tacones a duras penas. Estoy sola.

El primer pensamiento que se me pasa por la cabeza es si Cicatriz me habrá traído al lugar equivocado. Esperaba encontrarme un dormitorio digno de un burdel, con una cama gigantesca en la que Mount me obligaría a hacer cualquier cosa que se le antojara a su depravada mente.

Pero no hay ni una cama a la vista. De hecho, el único mobiliario de la estancia son las estanterías macizas que se alinean delante de las paredes, dos sillones de cuero perfectos para que se siente en ellos un hombre corpulento, unas cuantas mesitas con lámparas y un aparador con licoreras de cristal. Mis ojos recorren la estancia de arriba abajo, en busca de la puerta.

El miedo me paraliza de nuevo, porque no encuentro ninguna.

Trago saliva, pero tengo la boca más seca que en el coche, y me concentro en respirar. Estamos en Nueva Orleans. Las habitaciones ocultas y los pasadizos secretos son el pan de cada día. Tampoco es nada del otro mundo.

Salvo cuando el hombre con el que te vas a encontrar es famoso por hacer desaparecer a sus amantes.

Claro que yo no soy su amante. Solo soy la pieza que va a cobrarse como pago de una deuda. Nada más. Y nada menos.

Me coloco en el centro de la estancia y espero, y veo que hay una esfera oscura en un rincón del techo.

Una cámara.

¿Me está mirando?

Enderezo la espalda de nuevo con renovado valor, alentada por la furia.

Sin que sirva de precedente, espero que Lachlan Mount me esté mirando. Me deshago el nudo del cinturón de la gabardina y la dejo caer al suelo.

# 9

## Mount

La reunión no acaba nunca. Los cabecillas de los dos cárteles que se disputan el poder en mi ciudad están sentados al otro lado de mi mesa. Llevan discutiendo toda la tarde y los he dejado.

En cualquier otro lugar, esto acabaría en un baño de sangre, en el caso de que hubieran accedido siquiera a estar en la misma habitación, pero aquí no se atreverían a hacerlo. Si quieren hacer negocios en Nueva Orleans, tienen que pasar por mí o no hacerlos.

Ya sé a qué acuerdo se llegará antes de salir de la habitación, porque lo decidí ayer mismo. Me da igual que los mexicanos se crean todopoderosos. En mi ciudad, solo hay un rey, y soy yo.

«Gobierna con ayuda del miedo, pero gánate el respeto a través de tus actos.»

Eso es lo que he hecho durante los casi veinte años que han pasado desde que recibí esa perla de sabiduría de parte de un antiguo cabecilla de un cártel a las puertas de la muerte que la CIA había escondido en Nueva Orleans. También encendió un fuego en mis venas que me llevó a coger las riendas de un imperio.

Después de eso, mi vida se convirtió en algo que jamás se me habría pasado por la cabeza.

La CIA. La NSA. El FBI. La DEA. El ICE. Los cárteles. La mafia. La yakuza. La bratva.

Ahora trabajo con todos ellos, y lo más importante que he aprendido es que el poder es lo único que importa. La mayoría de los hombres tiene demasiadas debilidades para aferrarse al poder durante mucho tiempo.

V entra en la habitación y me hace un gesto con la cabeza.

La expectación que he estado conteniendo toda la noche se intenta abrir paso, pero la reprimo.

Los mexicanos siguen discutiendo y, aburrido, desvío la mirada hacia la pantalla que tengo en la mesa y que muestra las imágenes de varias cámaras, en concreto de la habitación a la que le he ordenado a V que la lleve.

Ahí está. Se quita la capucha de la cabeza y su melena pelirroja cae suelta.

Aparto los ojos de la pantalla y los clavo de nuevo en los mexicanos, que siguen discutiendo. Les presto atención a medias, interviniendo cuando es necesario para que se mantenga cierto civismo, pero mis ojos vuelan una vez más hacia la pantalla.

No ha empezado a sacar los libros de los estantes en busca de una salida. Eso es interesante. Sin embargo, es una fascinación que perderá su lustre tan deprisa como todas las demás.

Después de llevar varios años en el nivel que he alcanzado, ya no hay nada que me suponga un desafío. Llevo aburrido casi dos décadas, pero tengo la esperanza de que una briosa pelirroja me ofrezca, al menos, un poco de diversión antes de que pierda de nuevo el interés.

Estoy preparado para terminar con esta reunión. Ya la han alargado demasiado.

Observo a los hombres que hay al otro lado de mi mesa con asco. Dos de los hombres más temidos del tráfico de drogas mexicano y podría ejecutarlos en mi despacho sin que nadie me pusiera una mano encima.

Cuando te ganas la reputación de no tener límites, ni debilidades, y de que estás dispuesto a que la sangre corra por las calles, la gente no pone a prueba tus límites ni quebranta tus reglas.

Una parte de mí se siente decepcionada por el hecho de que Keira Kilgore no haya opuesto más resistencia. Pensaba que el temperamento de pelirroja irlandesa saldría a la luz, pero parece ser que no ha sido así.

Una gran decepción.

Me concentro de nuevo en la discusión, pero eso es hasta que ella mira la cámara directamente, como si la hubiera localizado y supiera que la estoy observando.

Adopta una expresión desafiante al tiempo que se lleva las manos al cinturón de la horrorosa gabardina que lleva puesta, y la observo con creciente interés. Cuando se la quita y la deja caer el suelo, mi polla se tensa contra la seda del forro de los pantalones.

Joder.

¡Joder!

Esbozo una sonrisilla.

A lo mejor no es una decepción después de todo.

Además, ha conseguido que me desentienda por completo de la conversación que tiene lugar delante de mí, algo inaceptable.

Me obligaré a esperar.

Da igual que esté desnuda en mi biblioteca, llevando únicamente los zapatos de tacón que le envié, con la barbilla en alto y expresión orgullosa.

Va a esperar. Los negocios siempre son lo primero.

La veo darse la vuelta, reclamando toda mi atención de nuevo.

Se me pone todavía más dura cuando me ofrece una panorámica de ese culo perfecto y respingón del que ahora soy dueño.

En la base de la espalda tiene unas letras en mayúscula que no recuerdo haber visto en ninguna de las informaciones que he recabado de ella y, desde luego, nada que apareciera en las fotos.

Con un movimiento de la muñeca, pincho en la imagen y la amplío, pasando por completo de la discusión que mantienen delante de mí.

Un gruñido sale de mi garganta y siento una bola de fuego en el estómago al descifrar las palabras.

SIN DUEÑO.

«Keira Kilgore, desde luego que no me vas a decepcionar después de todo.» A ver cuánto dura.

Ha conseguido destruir oficialmente mi concentración, algo por lo que va a pagar, pero la reunión se ha acabado. Me levanto.

—Gustavo, tú te quedas la heroína y la marihuana. Eduardo, tú la coca, las pastillas y la meta.

Los dos vuelven la cabeza para mirarme.

—Pero...

—Gustavo, ¿quieres ver a tu amante esta noche? Porque como sueltes otra puta palabra más por esa boca, te meto una bala en la cabeza y le mando tu polla en una caja.

Cierra la boca de golpe, y miro a Eduardo.

—¿Alguna queja?

—No. Mi organización se encargará de que todo funcione.

—Bien, pues ya hemos terminado.

Clavo la vista de nuevo en la pantalla y en la mujer que tiene los brazos cruzados a la espalda, y me está haciendo un par de peinetas.

Resoplo por la nariz.

Ningún hombre se atrevería a hacer eso. Ni siquiera los dos cabrones que tengo delante y que en México han colgado los cuerpos de muchas personas inocentes de los puentes sin más motivo que el de inculcar el miedo.

Parece que mi primera impresión de Keira Kilgore era certera. Tiene fuego en su interior, uno que no he encontrado en ninguna otra mujer.

Ha llegado la hora de que vaya a ver a mi nueva adquisición.

# 10

## Keira

No es una estantería lo que se mueve. Es la chimenea. Gira, tal y como sale en las películas.

Doy un respingo mientras veo cómo gira y dejo los brazos a ambos lados del cuerpo al tiempo que el hombre que ha protagonizado mis pesadillas durante la última semana aparece en la habitación. La chimenea gira de nuevo y regresa a su posición original.

Es más corpulento de lo que recordaba, pero su seductor olor cítrico y amaderado sigue siendo el mismo, salvo que, en esta ocasión, se mezcla con el del cuero y el de los libros.

El pelo, cortado a la perfección con un estilo que yo llamaría «no me toques los cojones», es casi del mismo color oscuro que los ojos. Unos ojos que parecen arder como dos ascuas mientras recorren lentamente mi cuerpo desnudo.

Antes, cuando me quité la gabardina, me sentí atrevida. Enfadada. Indignada. Asqueada con mi marido por haberme puesto en esta tesitura. Quitarme la gabardina me dio una falsa sensación de valor, porque la adrenalina empezó a correr por mis venas.

Pero ahora tengo ante mí la realidad.

Me estoy enfrentando a un hombre que podría ponerle fin a mi vida con la misma facilidad con la que yo aplasto un mosquito.

En esos labios carnosos aparece un gesto que supongo que podría tildarse de sonrisa, pero que no lo es. Es demasiado chulesca y autoritaria. Como si se estuviera riendo a mi costa. Algo que seguro que está haciendo.

Espero a que hable, pero guarda silencio. Su examen acaba cuando me mira a los ojos. Quiero apartar la mirada, pero es imposible.

Su presencia parece un ente físico. La usa para inspirar miedo, y lo consigue. No sé cómo describir exactamente la sensación, pero imagino que me sentiría igual si un caimán gigante estuviera a punto de cerrar las fauces sobre mi cabeza para arrastrarme al fondo del pantano. Lo siguiente será el revolcón mortal. No puedo permitir que se acerque a mí o lo llevaré crudo.

Cuando Magnolia me describió el poder, la presencia y el carisma que emanaba este hombre, no comprendí lo que me estaba diciendo. Ahora empiezo a hacerlo.

«No le demuestres miedo. No le demuestres miedo», me repito una y otra vez mientras espero a que hable.

Después de lo que me parece una eternidad, solo pronuncia tres palabras con una voz grave y seria:

—Date la vuelta.

Cuando me di media vuelta para enseñarle la espalda a la cámara de la esquina y hacerle las dos peinetas, pensé que había un cincuenta por ciento de probabilidad de que me estuviera mirando. También fue la adrenalina la que impulsó esa proeza disparatada, pero resulta que a estas alturas me ha abandonado.

Ansío reunir de nuevo los restos de mi rebeldía, pero soy incapaz.

Me doy media vuelta sobre los zapatos de tacón, que es lo único que me he dignado ponerme de las prendas que me ha mandado, y le enseño la espalda. Mantengo los hombros erguidos, por la tensión y el orgullo.

«No le demuestres miedo», me repito.

El suelo de madera cruje cuando da un paso hacia mí y se acerca lo bastante como para que perciba el calor que irradia su cuerpo.

—No sigues bien las instrucciones.

Sus palabras me acarician la piel al tiempo que me entierra los dedos en el pelo y me da un tirón para obligarme a volver la cabeza y enfrentar la mirada de esos ojos oscuros.

Es como mirar los ojos del demonio.

No entiendo cómo un hombre tan cruel y despiadado puede ser tan guapo. Se me acelera el corazón mientras su mirada me atraviesa.

Lo que antes me parecía un acto valiente y desafiante, ahora solo es una travesura infantil, y la voz de mi conciencia cambia el cuento: «A la mierda con lo de no demostrarle miedo. Ha llegado el momento de suplicar. Va a matarme.»

Pero la orden del cerebro no llega a mis labios y, cuando estos se separan, pronuncian unas palabras que no he planeado decir.

—No me diste instrucciones. La nota solo decía que un chófer me recogería a las nueve. Nada más.

Sus ojos oscuros relampaguean.

—No me parecías tan lerda como para no entender la indirecta de la ropa por valor de treinta mil dólares que acompañaba la nota.

Treinta mil dólares. Joder.

Y mis labios vuelven a pronunciar palabras sin mi permiso.

—Será mejor que no añadas esa cifra al montante de la deuda.

Lo veo esbozar un gesto que, en cualquier otra persona, podría pasar por una sonrisa torcida, pero que en él resulta escalofriante.

Me suelta el pelo y retrocede un paso.

—Inclínate. Tócate los pies con las manos.

—¿Cómo? —replico sin pensar, y el asombro que me invade es evidente en mi voz.

La expresión de Mount se endurece.

—Jamás me repito.

Cierro los ojos con fuerza, desesperada por huir de su mirada. ¿Qué pensaba que iba a pasar? ¿Que me llevaría en volandas de la biblioteca a una cama donde me haría el amor y se aseguraría de que me corriera? Algo de lo que el gilipollas de mi marido ni siquiera se preocupó en el noventa y ocho por ciento de las ocasiones que lo hicimos.

—No me hagas esperar —dice lentamente, pero con la fuerza de un látigo.

Trago saliva para no replicar y me inclino hacia delante hasta tocarme las uñas pintadas de rojo de los dedos de los pies.

Rojo intenso. Me recuerda a la mujer a la que obligó a bailar sobre trozos de cristal.

En vez de penetrarme con los dedos o con cualquier otro apéndice de su cuerpo, siento la caricia áspera de un dedo sobre las palabras que me he tatuado en la espalda.

—Sin dueño. ¿Es permanente?

—No —susurro—. Es henna.

—Me alegro, porque los dos sabemos que este culo me pertenece, y odiaría tener que borrar el tatuaje letra a letra.

La insinuación de que me lo arrancaría a cuchillo queda clara, pero no lo dice abiertamente.

«Gracias, Delilah y Hombre Gigante del Voodoo Ink. Es posible que me hayáis salvado la vida.»

Con ese ridículo pensamiento, empiezo a enderezarme, pero la palma de la mano de Mount me lo impide al posarse sobre la base de la espalda y ejercer presión para que mantenga la postura.

—No te he dicho que te muevas. Cuanto antes aprendas que debes obedecerme, más fácil será todo esto para ti. —Y añade con un deje guasón—: Joder, puede que hasta disfrutes.

La misma furia que impulsó mis actos hasta que él entró en la estancia me invade de nuevo.

—¿Con una violación? ¿Quién disfruta con eso?

Aparta la mano de mi espalda con la misma rapidez con la que la puso y lo único que deja atrás es el calor de su piel.

—Enderézate y date media vuelta.

Me lo ordena con brusquedad, y yo sigo las órdenes sin atreverme a mirarlo a los ojos. Si a mí me invade la furia, sus ojos reflejan esa misma emoción.

—Voy a follarte como llevas toda la vida deseando que te follen. Y te garantizo que cuando te la meta, no pensarás en ningún momento que lo hago en contra de tu voluntad.

—Ni de coña. Jamás te daré mi consentimiento.

El desafío que lanzo flota en el aire entre nosotros mientras extiende una mano para tocarme de nuevo. Doy un respingo al sentir la caricia de su índice en el mentón, desde donde baja por la garganta y sigue hasta detenerse entre mis pechos. Se me endurecen los pezones en contra de mi voluntad.

—Tu cuerpo te traiciona.

—Aquí hace frío.

—Engáñate todo lo que quieras, Keira. Pero contéstame con la verdad a esto: ¿Cuándo fue la última vez que follaste con un hombre de verdad? Con alguien que sepa lo que necesitas. Con alguien que te arrebate el control y te dé lo que te mueres por recibir. ¿Cuántas veces te has masturbado con los dedos para poder correrte después de que el flojo de tu marido se diera media vuelta?

Detesto que lo sepa.

—No lo menciones siquiera.

Mount levanta las cejas.

—Él es el motivo de que estemos aquí, ¿no? No pudo satisfacer su deuda y estoy seguro de que tampoco podía satisfacer a su mujer.

Me acaricia un endurecido pezón con un dedo y contengo el aliento con un jadeo. Me cubre un pecho mientras usa el pulgar para recorrer el pezón y la areola, haciendo que la piel me estalle en llamas. Quiero aborrecerlo. Jamás he deseado tanto aborrecer algo, pero tiene razón. Y Magnolia también tenía razón.

Mi cuerpo me está traicionando.

Nos rodea un calor abrasador, procedente de su mano allí donde me toca; de su mirada donde la posa; y del infierno que se ha desatado en mi interior. Aferra un pezón entre el índice y el pulgar, y le da un apretón cada vez más fuerte, hasta que la línea entre el placer y el dolor se difumina, y me veo obligada a apretar los muslos.

Me suelta al instante y se aleja como si no hubiera estado a punto de provocarme un orgasmo solo con esa simple caricia. Ladea la cabeza para observarme.

—Keira, ¿sabes qué más es el poder? Un afrodisíaco. Puedes tenerme miedo y desearme al mismo tiempo. Intensificará todo lo que experimentes.

Aprieto los dientes. Detesto que exista la mínima posibilidad de que esté en lo cierto.

—No deseo esto. No lo he pedido y jamás me someteré voluntariamente. Lo juro por lo más sagrado.

Sus labios adoptan una expresión que soy incapaz de interpretar. ¿Fascinación? ¿Curiosidad? ¿Desafío?

—En ese caso, cédeme ahora mismo el cien por cien de Seven Sinners. —Se aleja de mí y se mete una mano en el bolsillo interior de la chaqueta oscura para sacar un papel doblado.

Cruzo los brazos por delante del pecho, porque de repente me siento muy desnuda.

—No. Esa empresa es mía. Es el legado de mi familia. Es lo único que siempre he deseado. Y si crees que soy tan tonta como para creer que solo vale medio millón de dólares, estás muy equivocado.

Me mira con los ojos entrecerrados.

—¿Con las deudas que arrastras? ¿Hipotecada al máximo? Suerte tienes de que esté dispuesto a quedármela para que siga funcionando en vez de cerrarla y vender los alambiques por una miseria.

La idea de que desmantele Seven Sinners me provoca otra oleada de furia.

—No pienses siquiera en ponerle un puto dedo encima a mi empresa. No permitiré que te la quedes. —Mis palabras solo pueden calificarse de despectivas... y quizá también de ridículas.

Espero que me suelte alguna réplica furiosa, pero se limita a sonreír con arrogancia.

—Pensaré en poner el dedo donde me dé la gana. —Se saca un bolígrafo del otro bolsillo interior—. Pero si firmas esto, podrás irte sin que mi dedo recorra todas y cada una de las curvas de tu cuerpo hasta que lo conozca mejor que el mío. Sin que chupe estos pezones tan duros y rosados. Sin que te agarre esa alborotada melena pelirroja y la use para inmovilizarte mientras follo ese culo tan respingón que tienes hasta que grites mi nombre.

Tengo que esforzarme para respirar de forma entrecortada mientras él deja el papel y el bolígrafo en la mesa a modo de desafío. La lámpara de la mesa ilumina el título de otro documento legal cuyo único fin es el de arruinarme la vida.

CESIÓN IRREVOCABLE DE TITULARIDAD

Aunque el fuego que ha provocado antes sigue abrasándome, lo odio.

Odio.

No es una palabra que hubiera entendido realmente hasta ahora. Pero, al ponerme en esta tesitura, Mount me ha ayudado a comprenderla a la perfección. Es un sentimiento visceral, acompañado por una ira tan grande que me ha provocado un nudo en la boca del estómago y que aviva las llamas.

—Sabes que no pienso firmar eso. Seven Sinners es mía. Desde hace cuatro generaciones, siempre ha estado dirigida por un Kilgore, y no seré yo quien permita que se aleje de las manos de la familia.

La expresión arrogante se transforma en una mueca abrasadora.

—La única manera de que Seven Sinners siga siendo tuya pasa por someterte voluntariamente a mí. Quiero una sumisión total y voluntaria. No pienso repetir esta oferta. Acéptala o recházala, Keira. No recibirás nada más generoso por mi parte y ten por seguro que no vas a recibir ofertas de nadie más.

Ni siquiera soy capaz de mirar esa expresión arrogante, así que me doy media vuelta y empiezo a pasear de un lado para otro. Me importa una mierda estar desnuda. Ya sabe que es mi dueño.

—No tengo otra alternativa, cabrón. Cualquiera que me conozca te daría mi respuesta en décimas de segundo. Creo en mi familia. En su legado. En nuestro whisky. En nuestras tradiciones. En mis empleados. —Me tiembla la voz mientras sello mi destino y me doy media vuelta para mirarlo a la cara—. No firmaré. Tú ganas.

Quiero ver su expresión triunfal para poder usarla a fin de avivar mi odio después, cuando me prostituya para él.

Sus ojos oscuros me recorren con la pasión de la victoria. Coge el papel y lo rompe por la mitad, tras lo cual deja que ambos trozos caigan al suelo.

—Sabía que no lo necesitaría.

Qué cabrón. Solo estaba jugando conmigo. Me ha mostrado un rayo de esperanza para apagarlo después.

Se agacha para coger la gabardina del suelo y me la arroja.

—Vístete. Lachlan Mount es ahora tu dueño y espero que te comportes como tal. Quítate esa frase de encima antes de que vuelva a verte. No quiero leer esa mentira cuando te folle por detrás.

«Dueño. Así es como se ve, como si yo fuera de su propiedad. Como un juguete que usar y poseer.»

Cojo la gabardina y meto los brazos por las mangas antes de abrochármela y de atarme el cinturón con fuerza. Esta vez, lo hago clavando la vista en el suelo.

Sus bruñidos zapatos negros entran en mi campo de visión justo antes de que me coja la barbilla con los dedos y me obligue a mirarlo a los ojos.

—Tus orgasmos me pertenecen. Si te tocas sin mi permiso, te calentaré a guantazos ese coñito que tienes hasta que me supliques para correrte.

Pero ¿qué se ha creído este troglodita...?

Me zafo de sus dedos con un movimiento brusco de la cabeza, porque ya no me importa mi seguridad personal. Ya me ha reclamado como mercancía. ¿Qué más puede pasar? Además, si cree que voy a facilitarle las cosas...

Echo a andar en dirección a la estantería más alejada de la

estancia, porque se me da mucho mejor decir lo que pienso cuando paseo de un lado para otro.

—No vas a ser el único que imponga las normas aquí. Tengo condiciones. Nadie puede enterarse. Ni mi familia ni mis empleados. Nadie. No quiero que mi nombre se asocie al tuyo en ningún momento.

No me detengo a considerar la imprudencia de lo que estoy diciendo, porque estoy demasiado cabreada como para morderme la lengua. Furiosa, me doy media vuelta y echo a andar en dirección contraria, manteniendo los ojos clavados en cualquier cosa que no sea Lachlan Mount, al menos hasta que haya acabado de enumerar mis exigencias.

—Decidiremos de mutuo acuerdo el lugar y la hora de nuestros encuentros. Se acabó esto de mandar un chófer para que me recoja y me ponga una capucha. Me niego. No me dejarás marcas. No me harás daño. Y, por supuesto, nada de quitarme de en medio cuando todo esto acabe, porque te juro que mis amigos y mi familia no permitirán que te vayas de rositas.

Me doy media vuelta sobre los zapatos de tacón para ver cuánto lo ha enfadado mi discurso... y descubro que estoy sola en la estancia.

Se ha ido.

¿El muy cabrón se ha ido? Así, sin más. ¿Sin decirme ni una puta palabra?

Qué hijo de puta. Aprieto tanto los dientes que me duelen las mandíbulas.

Hecha una furia, me acerco a los trozos de papel que han caído al suelo, los recojo y uno las dos partes para leer lo que hay debajo del título en negrita.

*Keira Kilgore jamás cederá la propiedad de su empresa a Lachlan Mount porque es cabezona, obcecada y demasiado fiel al concepto de la tradición familiar. Además, Lachlan Mount no necesita su empresa porque ella es suya.*

Menudo mentiroso de mierda.

No me ha ofrecido ninguna salida.

O me conoce lo bastante bien como para darse cuenta de que esa jamás habría sido una opción que fuera a considerar. Esa posibilidad es todavía más aterradora. Reflexiono sobre el trato que acabo de hacer con el diablo.

¿Qué alternativa tengo ahora? ¿Cómo voy a decirle a mi padre que he perdido la empresa que su padre y su abuelo levantaron a base de sangre, sudor y sacrificio?

Mi cuerpo a cambio de mi orgullo. Ese es el trato que acabo de hacer.

Odio a Lachlan Mount.

Hasta su nombre me provoca una descarga ardiente, surgida de una ira que nunca antes he experimentado.

Odio lo que me hace sentir.

Odio la respuesta de mi cuerpo.

Mientras la chimenea gira de nuevo y Cicatriz aparece con la capucha, la voz de mi conciencia susurra otra verdad:

Odio el hecho de desear que me toque otra vez.

# 11

## Mount

No me hace falta imaginarme la rabia que se refleja en su cara mientras lee el documento legal de pacotilla que he preparado para nuestra reunión. Es evidente en la pantalla de mi escritorio cuando lo aplasta entre las manos.

Keira Kilgore era un objetivo fácil. Llena de indignación y un fuego que me encantará tener debajo.

Me hace gracia que creyera que podía plantear exigencias. Hombres adultos con los cojones bien puestos no se han atrevido. Por eso es fascinante. Y una rareza.

«Solo es eso.»

Un entretenimiento. Un trozo de propiedad con la que divertirme un rato.

La quiero dispuesta. Me niego a que sea de otra manera.

Incluso desafiante y enfurecida, ha respondido a mí como un instrumento musical con un virtuoso. Domaré su fuego. La doblegaré a mi voluntad.

Se me pone dura por enésima vez esta noche mientras me la imagino doblegándose a todas mis órdenes.

Ese culo.
Esas tetas.
Ese coñito prieto.
¿Que no tiene dueño? Y una mierda.
Keira Kilgore es mía.

# 12

## Keira

Cicatriz no habla mientras me pone la capucha en la cabeza antes de cogerme de nuevo en brazos. Arriba y abajo, vueltas y más vueltas.

¿Es una escalera de caracol?

Siento la brisa fresca del exterior solo un momento antes de que me deje en el asiento trasero del coche. De inmediato, me llevo las manos a la capucha, pero sus dedos gruesos me las aferran y me dan un apretón. Está claro que no puedo quitármela.

—¿Tengo que dejármela puesta hasta llegar a mi casa? ¿Estás de coña?

Su única respuesta es un gruñido.

Me pican los dedos por el deseo de arrancarme la capucha, pero si dejándola puesta llego antes a casa, que le den por saco que ahí se queda.

Sale del garaje y los ruidos del exterior apenas si penetran en el interior del lujoso coche. Pierdo de nuevo la noción de las curvas que toma el coche y, en cambio, me sumo en el silencio, más que preparada para que esta noche de pesadilla llegue a su fin. Cuando el coche se detiene de nuevo, me siento sobre las manos y espero a que me quite la capucha, pero no lo hace.

—Alguien va a vernos y va a pensar que eres...

Un gruñido.

Cierro el pico y dejo que me saque del coche y me lleve al apartamento.

Pero hay algo que no cuadra. Oigo el tintineo de unas llaves, pero juraría que no son las mías.

Cicatriz me lleva escaleras arriba y me deja de pie mientras abre la puerta. Después, me da un suave empujón para que entre y cierra la puerta a mi espalda antes siquiera de que me pueda quitar la capucha.

Me la arranco de un tirón y me doy media vuelta mientras mi cerebro intenta asimilar a toda velocidad algo que carece de sentido.

Esta no es mi casa.

¿Dónde coño estoy?

Mount. Ha sido él.

Su intención nunca ha sido la de dejarme marchar.

—¿Dónde estás, cabronazo?

Miro de un lado para otro, deteniéndome en el papel de la pared, que presenta un sofisticado diseño de brocado en blanco y negro, buscando alguna cámara en los rincones de la ancha moldura del techo que no permite disimular su presencia.

No veo señales de cámara alguna, pero eso no significa que no las haya. Claro que, al menos, tampoco hay rastro de Mount.

Algo es algo.

Creo.

El alivio que he sentido durante el trayecto a «casa» me abandona mientras exploro mi nueva cárcel. He oído que ha cerrado con llave. Sé que no saldré de aquí hasta que él me lo permita. Me echo a temblar, y no precisamente por estar desnuda debajo de la gabardina.

Me abrazo por la cintura con fuerza en un intento por detener los temblores.

«No lo pienses. Reúne información. Sé un general, no una prisionera», me digo.

Me trago el miedo y me concentro en el lugar que me rodea. Debe de haber algo que me ayude a descubrir dónde estoy o que me ayude a escapar. Me doy media vuelta mientras observo el que debe de ser el salón más bonito que he visto en la vida. La expresión «jaula de oro» nunca ha sido tan acertada.

Solo hay tres colores en la estancia: negro, blanco y dorado.

Hay una puerta negra lacada a la derecha y me acerco sin pérdida de tiempo a ella, con la ridícula esperanza de que pueda ser una salida, pero a sabiendas de que no va a serlo.

Es un dormitorio.

No parece salido de un burdel tal como esperaba antes. Es sofisticado y femenino. Y se repite la misma decoración en blanco, negro y dorado.

Una cama negra con cuatro postes domina la estancia y ocupa casi un tercio de la misma. El dosel es de una diáfana tela blanca. El cobertor hace juego con el estampado de brocado de las paredes del salón y las sábanas negras de satén están apartadas como si el servicio doméstico ya se hubiera ocupado de esa labor.

No planeaba dejarme marchar. No ha pretendido hacerlo en ningún momento.

La escena de la biblioteca era exactamente lo que Magnolia me advirtió: la habilidad de Mount para comerme la cabeza.

Destierro el miedo. Es un gasto inútil de energía.

Otra puerta lleva del dormitorio a un lujoso cuarto de baño, más bonito que el de cualquier hotel que haya visto nunca y también decorado en los mismos tonos blancos, dorados y negros.

¿Por qué repetir el esquema cromático?

En el cuarto de baño hay otra puerta que da a un vestidor que podría hacer las veces de dormitorio perfectamente por su tamaño, pero que está completamente vacío. Abro los cajones del mueble del centro y descubro que también están vacíos.

¿Espera mantenerme desnuda aquí dentro? Menos mal que, por lo menos, tengo la gabardina.

Pienso en el vestido que debería llevar puesto y, por primera vez, deseo no haberlo despreciado. Salgo del vestidor para examinar el contenido de los cajones del cuarto de baño. Están atiborrados de todo tipo de productos cosméticos y de higiene carísimos.

Regreso a través del dormitorio al salón y miro fijamente la puerta cerrada. Tiene dos pestillos, pero no hay manera de abrirlos desde dentro, porque no hay llave.

Aunque sé que es inútil porque he oído cómo cerraba desde fuera, aferro el pomo e intento girarlo.

De todas formas, me cabrea.

—¡Gilipollas! ¡No puedes encerrarme como si fuera una puta mascota! —Le doy una patada a la puerta con los zapatos de tacón, y lo único que consigo es arañarlos y aplastarme el dedo gordo.

Regreso cojeando al centro del salón y hago un giro completo con los brazos extendidos en cruz. Siento perfectamente su mirada, aunque él esté en otro sitio.

—¿Esto es lo que querías? ¿Una mascota? Si mañana no aparezco, todos se darán cuenta. Llamarán a la policía. Me da igual a cuántos tengas en nómina, pero alguien habrá que no esté a tu servicio. ¡Me encontrarán y las pagarás! ¿Me querías sumisa? ¡Pues que te den por culo, Mount! ¡Esto no formaba parte del trato!

El instinto me impulsa a acercarme de nuevo a la puerta para golpearla hasta que me sangren los nudillos y me salgan moratones, hasta quedarme ronca por gritar pidiendo ayuda.

Pero no lo hago. Me niego a darle la satisfacción de verme vencida. Soy una mujer fuerte. Mount no ganará. Decido aferrarme a la furia.

Con voz alta y clara, añado:

—Puede que poseas mi cuerpo sumiso, pero eso es lo único que vas a conseguir. Te juro que voy a odiarte durante todo el tiempo que esto dure.

Después de declarar mis intenciones, el cerebro se me ralentiza, agotado por los acontecimientos de la última semana, y lo único que quiero es meterme entre las pecaminosas sábanas y dormir. Pero algo me dice que si hago eso, le estaré concediendo la victoria, y eso es algo que no pienso hacer sin luchar.

Me he enfrentado al demonio en su guarida y he salido ilesa. Eso significa algo, ¿no? Una pequeña victoria.

O casi ilesa, mejor dicho. Los pezones duros y el deseo que siento entre las piernas todavía me recuerdan claramente el fuego que él ha prendido en mi interior.

«Engáñate todo lo que quieras, Keira. Pero contéstame con la verdad a esto: ¿Cuándo fue la última vez que follaste con un hombre de verdad? Con alguien que sepa lo que necesitas. Con alguien que te arrebate el control y te dé lo que te mueres por recibir. ¿Cuántas veces te has masturbado con los dedos para poder correrte después de que el flojo de tu marido se diera media vuelta?»

Solo lo decía para comerme la cabeza. Ya está. No sabe cuánta razón lleva.

Mis ojos regresan a la cama mientras recuerdo su última advertencia:

«Tus orgasmos me pertenecen. Si te tocas sin mi permiso,

te calentaré a guantazos ese coñito que tienes hasta que me supliques para correrte.»

Con la misma rebeldía que me impulsó a entrar en un salón de tatuajes de henna y a plantarme con estos zapatos de tacón de aguja tan caros delante del hombre más temido de la ciudad, tomo una decisión. Es posible que me esté quedando sin munición, pero todavía me quedan algunas balas que disparar. Echo a andar hasta el dormitorio y me desabrocho la gabardina, tras lo cual dejo que caiga al suelo.

Aparto el cobertor y contemplo las sábanas de satén. Son negras como el alma del hombre que me ha traído hasta aquí. Me siento, me quito los preciosos zapatos para dejarlos caer sin miramientos al suelo y, después, me deslizo hasta el centro de la cama y me abro de piernas.

—Este coño no te pertenece todavía, Mount.

Me toco y odio descubrir que ya estoy mojada, pero al mismo tiempo doy gracias, porque así no tardaré mucho.

¿Estoy retando al diablo para que aparezca en tromba por la puerta y cumpla su amenaza?

No. Voy a demostrar que va de farol.

Cuando me corra esta noche, será un «Jódete» en la cara del hombre que cree que es mi dueño. Y me aseguraré de usar el dedo corazón.

# 13

## Keira

Cuando me despierto, no lo hago por culpa de la luz del sol que atraviesa las persianas baratas de plástico de las ventanas de mi dormitorio, sino por culpa de una pesadilla.

El dormitorio está a oscuras, pero el corazón me late a toda pastilla mientras extiendo un brazo para encender la lamparita. En vez de la mesilla de madera tambaleante que me compré en Ikea, mis dedos acarician la frialdad del mármol.

Mierda.

No ha sido una pesadilla.

Por fin encuentro el interruptor y la suave luz de la lamparita ilumina el dormitorio negro, blanco y dorado.

No hay despertador. No sé si es de día o de noche porque no hay ventanas. Solo una puerta cerrada de la que no tengo llave.

Y tampoco tengo ropa, salvo la gabardina. «Qué lista eres, Keira», me digo. «Una eminencia.» Ni siquiera tengo bolso. Cicatriz debió de dejarlo en el coche.

Arranco la sábana de la cama y me envuelvo con ella antes de ir al cuarto de baño. Me echo un vistazo en el espejo y doy un respingo al verme. Se me ha corrido el delineador de ojos, así que tengo los párpados manchados de negro, y el pelo es un nido de ratas, lo normal teniendo en cuenta todo lo que me he movido en sueños por culpa de la pesadilla.

Pero no era una pesadilla. Es mi nueva realidad.

No toco ninguno de los carísimos productos de higiene, porque no quiero nada de Mount, salvo mi libertad. Es lo único que quiero, y la conseguiré de alguna manera. Hoy mismo.

Me doy media vuelta para regresar al dormitorio y me fijo en un detalle. Hay una bata negra de seda colgada en un gancho cerca de la ducha. Anoche no estaba.

Alguien ha entrado mientras yo dormía.

Ese detalle me sobrecoge y me provoca un escalofrío.

Regreso a la carrera al dormitorio y salgo al salón. Efectivamente, en la mesa hay dos bandejas de plata cubiertas con sus tapas y acompañadas por una nota.

*Come.*
*Dúchate.*
*Arréglate siguiendo las instrucciones que encontrarás en la mesilla si quieres salir hoy de aquí.*

La letra ya me resulta conocida, aunque no está firmada.

¿Qué instrucciones?

Vuelvo al dormitorio y miro en la mesilla cuya lamparita encendí al despertarme. No hay nada.

Al contrario que en la otra. Hay una caja negra lacada.

¿Cómo narices lo he pasado por alto?

Se me queda la garganta seca mientras trago saliva y me acerco a la caja, la cual me da tanto miedo abrir como la última que encontré. Pero la nota dice que si sigo las instrucciones, saldré de aquí, y bien sabe Dios que eso es lo que quiero.

La abro y miro el contenido. Es un... ¿juguete sexual negro y dorado? Parece un vibrador, pero tiene un cordón en el extremo dorado y no hace falta ser un genio para imaginar su función. Sin embargo, Mount me ha dejado una nota explicándomelo todo.

*Métete esto en el coño hasta que me digne meterte la polla.*

¿Hasta que me digne?

¡Hasta que me digne!

Si pudiera echar fuego por la boca, reduciría a cenizas este edificio ahora mismo.

Leo el resto de la nota mientras el cabreo se me pasa un poco.

*En el vestidor está la ropa que debes ponerte para ir a trabajar.*
*Si a las nueve en punto no estás vestida con todo lo que te he preparado, te esperan otras veinticuatro horas de encierro. A tus empleados se les explicará debidamente tu ausencia.*

El huracán emocional que se desata en mi interior hace que aferre el chisme entre los dedos antes de ser consciente de lo que hago. Me encantaría estamparlo contra la pared y ver cómo acaba hecho trozos.

¿Cómo se atreve?

Sin embargo, hay una frase que me obliga a calmarme antes de poner en práctica mi habilidad como lanzadora.

«La ropa que debes ponerte para ir a trabajar.»

El pecho me sube y me baja, porque tengo la respiración alterada mientras me siento en el borde de la cama y releo cada una de las palabras de la nota seis veces. No me fío de este hombre, pero si existe la posibilidad, por pequeña que sea, de que me deje salir de aquí para ir a trabajar, tengo que ceder.

Y él lo sabe.

—Eres un cabrón, hijo de puta... —digo, dirigiéndome a la pared con el juguete de látex aferrado en un puño.

La voz grave de Mount me llega procedente del vano de la puerta.

—Tienes razón. Soy un cabrón, y también un hijo de puta con todas las letras. Nací en la calle. Soy hijo de una puta que me abandonó en la puerta de una iglesia. Me crié en esas calles y sobreviví a un infierno que jamás podrías imaginar en tu acomodada y protegida existencia.

Me doy media vuelta al instante para mirarlo. La mano ya no me tiembla por la rabia, sino por el miedo. Se acerca a mí y mi mente rememora las historias que me ha contado Magnolia, así como sus advertencias.

Enderezo el brazo y lo coloco al lado del cuerpo para ocultar mi reacción a sus ojos.

—¿Crees que lo que quiero es degradante para ti? —me pregunta al tiempo que da otro paso hacia mí—. No sabes lo que significa esa palabra, pero estoy dispuesto a enseñártela si de esa manera cumples la parte del trato que hicimos anoche. Yo sí cumplo mi palabra, no como tú.

Ahora sí que lo creo capaz de todas las barbaridades que me han contado sobre él.

Puede hacerme daño. Matarme. Hacerme desaparecer.

Pero, por algún motivo que nunca, jamás, entenderé, me desea.

Eso, y tal vez solo eso, me ofrece una posibilidad.

Debo tomar una decisión, y no puedo permitir que el miedo me paralice el cerebro. Puedo seguir rebelándome y desafiándolo, en vano por supuesto, o ceder un poco y hacer como que le estoy siguiendo el juego.

Soy testaruda, pero no soy tonta.

Enderezo los hombros y levanto la barbilla como si la sábana negra de satén fuera un vestido de fiesta.

—No estaba al tanto de tus orígenes. El insulto hacía referencia a tu personalidad. O, al menos, a lo que conozco de ella hasta la fecha. —Lo siguiente es más difícil, pero conseguiré decirlo—. Me disculpo si te he ofendido. No quería insultar tus orígenes.

Algo cambia fugazmente en su expresión. ¿Sorpresa? ¿Incredulidad? ¿Pasmo? No lo sé, porque la emoción desaparece al instante y baja la vista para mirar la hora.

—Tienes once minutos para arreglarte si quieres ir a trabajar hoy. —Sus ojos se clavan en los míos y atisbo una sonrisilla ufana en las comisuras de sus labios—. Te sugiero que te des prisa, a menos que prefieras pasar el día más ligerita de ropa.

Mi mente repite el «cabrón» de antes, pero esta vez me muerdo la lengua. Me doy media vuelta y me apresuro a entrar en el cuarto de baño, cuya puerta cierro sin pensar, hasta que caigo en la cuenta, mientras estoy lavándome los dientes, de que cerrarle la puerta en las narices a Mount tal vez no sea la mejor idea que he tenido en la vida.

De todas formas, me lavo la cara a la carrera y entro en el vestidor, donde encuentro la ropa preparada. Una falda de tubo negra y una brillante blusa dorada que parece casi transparente. A juego con la blusa, hay un sujetador de encaje dorado que descansa en la cajonera central, al lado de un collar de perlas blancas.

Blanco, dorado y negro.

No tengo tiempo para preguntarme otra vez por la importancia de esos tres colores mientras me quito la sábana de encima y me visto. No me sorprende en absoluto comprobar que todo me queda como un guante. Jamás he soñado con ponerme ropa de esta calidad y mis empleados van a notarlo.

Pero me largo ya. Tengo que ir a trabajar. Me concentro en eso, porque es lo único que importa ahora mismo.

Y, entonces, me acuerdo del chisme negro y dorado que me he dejado en la encimera del cuarto de baño cuando he entrado en el vestidor.

No necesito instrucciones para saber dónde tengo que insertarlo, o lo que significa el hecho de que no me hayan dejado bragas para ponérmelas.

La puerta del cuarto de baño se abre sin que yo dé permiso.

—Señora Kilgore, tres minutos. —Su mirada se posa en el objeto que yo estaba contemplando. En sus labios aparece de nuevo la sonrisilla socarrona—. Veo que no has terminado de arreglarte.

Nuestras miradas se encuentran y enderezo la espalda, levantando la barbilla con altivez mientras nuestros orgullos libran una batalla. Ambos sabemos que soy yo quien va a perder.

—¿Vas a hacer los honores o los hago yo? —me pregunta.

Sus palabras me provocan una descarga en las entrañas, aunque deberían provocarme justo lo contrario. Ojalá esa mirada oscura me dejara fría como el hielo, pero lo que hace es encender una hoguera.

—Iba a hacerlo ahora. Si, por favor, me disculpas un momento...

Se lo pido con educación y parece que eso le hace gracia, porque esboza una sonrisilla. En vez de marcharse, apoya uno de sus anchos hombros en la jamba de la puerta.

—Se te olvida quién da las órdenes aquí. Levántate la falda, inclínate y métete el juguete en el coño o lo haré yo encantado. —Guarda silencio y su sonrisa adquiere un sesgo sugerente—. Pensándolo mejor, ni de coña. Como no lo hagas ahora mismo, lo siguiente que vas a tener en el coño va a ser mi polla mientras te follo en la encimera hasta que te corras.

Por Dios. Me llevo las manos a la boca para silenciar el jadeo espantado que acabo de contener. Las palabras tan malsonantes que salen de sus labios tienen un efecto inmediato entre mis piernas, donde se acumula al instante la humedad, que amenaza con extenderse hacia los muslos.

Cojo el vibrador con una mano y me levanto la parte delantera de la falda con la otra, tan discretamente como me resulta posible, al tiempo que me pongo de espaldas al vestidor para que él no me vea el culo.

No sé para qué.

Lo veo negar con la cabeza.

—Hacia el espejo. Inclínate.

El miedo que me invadió anoche cuando me ordenó que me inclinara no me asalta esta mañana, pero en su lugar aparece la rabia. Y algo más intenso. Es como si hubiera despertado una necesidad latente que hasta ahora no sabía que existía. Como si, en realidad, quisiera que alguien me ordenara hacer estas guarradas.

Destierro ese pensamiento de mi mente mientras lo obedezco y me acerco el vibrador a la vagina.

—Me apuesto lo que quieras a que no necesitas lubricante.

Cierro los ojos con fuerza, porque no se equivoca. El juguete de látex se desliza sin problemas en mi interior.

—Antes de metértelo, mastúrbate con él.

Respiro a duras penas mientras hago lo que me dice, sacándome y metiéndome el vibrador y masturbándome hasta llegar casi al orgasmo. Me lo meto con más fuerza y solo necesito un pequeño roce en el clítoris para correrme. Estoy a punto de tocarme con la otra mano cuando él masculla otra orden.

—Para.

Me quedo paralizada con el vibrador dentro.

¿Qué coño estoy haciendo? ¿Estoy a punto de correrme delante de un tío al que odio?

Me enderezo con tanta rapidez que estoy a punto de perder el equilibrio y me bajo la falda. Cuando me vuelvo para enfrentarlo, finjo que nada de esto ha sucedido.

Al menos, hasta que él se mete una mano en un bolsillo y el juguete empieza a vibrar en mi interior.

La sorpresa me afloja las rodillas y me aferro como puedo al borde de la encimera para mantenerme derecha.

—Dios mío... —murmuro sin aliento, aunque espero que él no me oiga.

No tengo tanta suerte.

Se acerca a mí y me mira a los ojos.

—Eso no fue lo que dijiste anoche mientras te tocabas hasta correrte.

El castigo que me prometió aparece en mi mente, y él debe de adivinarlo por mi expresión. Estoy al borde del orgasmo... pero la vibración se detiene.

—Esta mañana no tengo tiempo para castigarte por esos dedos y ese coño tan traviesos que tienes, pero ya lo haré. En mi mundo, nadie se va de rositas después de haberme desobedecido. Tengo el presentimiento de que aprenderás rápido.

Me aferro al borde de la encimera con fuerza para no borrarle de un guantazo esa expresión ufana. Me planto delante de él en silencio. Al parecer, no necesita ni quiere que yo hable.

—Vete antes de que cambie de opinión. Salvo para ir al baño, no te atrevas a sacártelo sin mi permiso. Te prometo que si lo haces, no te gustará el castigo.

Contengo el aliento y echo a andar hacia la puerta del dormitorio. Rodeo la cama, cojo los zapatos de tacón que llevaba anoche y la gabardina, y prácticamente corro hacia el salón, cuya puerta está entreabierta.

En el pasillo está Cicatriz, esperándome. Con la capucha en la mano.

Odio la puta capucha.

Pero, ahora mismo, odio más a Mount.

Le quito la capucha de la mano de un tirón y me la pongo en la cabeza, tras lo cual él me levanta en brazos y saca mi rígido cuerpo de la jaula dorada.

# 14

## Keira

En cuanto el coche se para en el aparcamiento situado en frente de la destilería, Cicatriz me gruñe para que me quite la capucha. Le pido que espere un momento mientras rebusco en el bolso, que por suerte sigue en el coche desde anoche. Me sorprende al obedecer y saco el maquillaje de emergencia para conseguir que mi cara parezca medio normal.

Los zapatos de tacón de aguja que llevo puestos son de la mejor calidad, y los más caros que me he puesto en la vida, y es imposible que el conjunto pase desapercibido. La ajustada camisa dorada, que llevo por dentro, se me ciñe a las curvas y la falda de tubo me resalta las caderas y el culo más de lo que me gusta. Las perlas se me ajustan a la garganta como si fueran el collar de un perro.

«Me lo cargo como intente ponerme una puta correa.»

Cierro el espejo de mano una vez que decido que no puedo hacer nada más, demasiado cabreada para maquillarme mejor.

Además, tengo la distracción de la versión tecnológica de las bolas chinas que llevo dentro, y saber que Mount controla el mando a distancia me provoca el deseo de apretar los muslos.

Las dos facciones de mi cerebro son incapaces de ponerse de acuerdo sobre lo que me está pasando.

«¿Cómo puedo odiar tanto a ese tío y que a mi cuerpo le encante lo que le está haciendo?»

Es un misterio que no voy a solucionar en el aparcamiento. Hago ademán de abrir la puerta, pero Cicatriz me detiene con un gruñido antes de darme una nota.

*Si le cuentas algo a alguien, asistirás a su funeral.*

Arrugo el papel hasta formar una bola y la tiro entre los asientos delanteros.

—Dile que su oscuro secreto está a salvo. De momento.

En cuanto pronuncio las últimas palabras y abro la puerta de golpe, el juguete sexual que llevo dentro cobra vida un segundo, como si fuera una descarga eléctrica para corregir el comportamiento de un animal. Me doy media vuelta, intentando averiguar dónde está. Debe de andar cerca, ¿verdad? ¿Qué alcance tiene este chisme?

Conociendo a Mount y el poder que ostenta, seguramente sean kilómetros.

«Lo odio con todas mis fuerzas.»

Me obligo a salir del coche, con la cabeza en alto y la espalda recta, y cruzo la calle como si no pasara nada raro.

Desde luego, no como si hubiera vendido mi cuerpo y mi libertad por salvar el legado de mi familia.

Saludo a mis empleados con la cabeza, sonriéndoles como siempre, con la esperanza de que nadie se fije en que me pasa algo. La gabardina de London French ya la han visto antes. Lo que hay debajo es lo que suscitará curiosidad.

En cuanto entro en mi despacho, Temperance se sienta al

otro lado de mi mesa, y el corazón empieza a latirme contra las costillas.

—¡Gracias a Dios! Estaba a punto de organizar una partida de búsqueda. No has contestado ninguno de mis mensajes de esta mañana. El director de operaciones de Voodoo Kings quiere una reunión durante el almuerzo para hablar de la proposición del servicio de aparcacoches que les expuse y dejó muy claro que te quería allí porque, al parecer, no cree que yo tenga la autoridad necesaria para tomar decisiones. Que supongo que es verdad. De todas formas, se ha puesto un poco gilipollas con el tema.

Una vez que se me tranquiliza el pulso hasta un nivel casi normal, miento como una bellaca.

—Lo siento, he... he tenido problemas con el coche y, al final, he pedido un Uber. El primero no se ha presentado y se me ha debido de olvidar activar las notificaciones. Las... las apagué anoche a ver si me concentraba lo suficiente y se me ocurrían cosas nuevas.

Temperance me mira fijamente, no como si un alienígena hubiera entrado en el despacho, pero con la suficiente curiosidad para que me pregunte si seré capaz de mantener el tipo durante toda la farsa.

—La verdad es que es buena idea. A veces, solo necesitas un poco de tranquilidad para que tu cerebro desarrolle todo su potencial. Tengo entendido que la meditación hace maravillas. Evidentemente, las dos sabemos que no tengo paciencia para esas cosas, pero seguro que a ti te vendría genial para el estrés. A lo mejor deberías descargarte una aplicación o algo.

El tiempo que pasé a solas anoche lo invertí en planear cómo escapar de una habitación cerrada o cómo matar a un hombre sin poner en peligro todo lo que me es querido. No se parece mucho a la clase de meditación de la que habla Temperance.

—Bueno, ya estoy aquí, ponme al día de todo lo que necesito saber. —Me llevo las manos al cinturón de la gabardina y me la quito para dejarla en el perchero antiguo que hay en un rincón.

—La leche. Estás... ¡joder!

«Mierda.» Sabía que iba a pasar esto.

Intento quitarle hierro a su reacción.

—Estoy probando una de esas suscripciones que te mandan cajas con distintas prendas de ropa. Y esto es lo que me han mandado. Tampoco es que tenga tiempo ni ganas de ir de compras, ¿no?

La facilidad con la que voy soltando mentiras debería preocuparme, pero me consuelo al pensar una cosa: lo mejor para Temperance es que nunca se entere de la existencia de hombres como Mount. Sobre todo de la suya, especialmente de la suya.

—Pues parece más un alquiler de prendas sacadas de la pasarela. Vas a tener que decirme de dónde lo has sacado, porque estás espectacular. —Cierra la boca de golpe—. Perdón, eres mi jefa, seguramente no debería haber dicho eso, ¿verdad?

Meneo la cabeza.

—Tranquila. Es que... estoy probando cosas nuevas.

—En fin, yo diría que lo estás haciendo genial. Vas a dejar a esos tíos sentados de culo durante el almuerzo. Estarán tan ocupados comiéndote con los ojos que seguro que aceptan cualquier cosa que les digas. Me aseguraré de que los contratos están listos para firmarlos.

Sin moverse del sitio, me pone al día de todos los detalles para que esté preparada durante la reunión, pero me cuesta concentrarme por el chisme que llevo dentro.

«No irá a encenderlo mientras estoy trabajando, ¿verdad?»

Me hago la pregunta una y otra vez mientras Temperance repasa la lista de puntos clave que debemos resaltar durante la reunión y me pongo a asentir con la cabeza como una loca, aunque no me estoy enterando de nada.

Solo tengo una cosa en la cabeza, y es él.

Magnolia me advirtió de que me comería la cabeza, y lo está haciendo de maravilla. Tengo que recuperar el control. El equilibrio. Tengo que concentrarme en los negocios y fingir que nunca he oído su nombre.

—Bueno, como ni siquiera hemos podido hablar de los precios por haber cambiado el menú, hoy tenemos que abordar el tema. Creo que deberíamos pedirle a Odile que prepare ambas opciones y las sirva durante el almuerzo, para que prueben la diferencia. La comida hablará por sí sola.

Por fin me meto en la conversación.

—Pero en la carta habitual no tenemos lo que piden.

Temperance sonríe y me guiña un ojo.

—Le he pedido un favor al proveedor de carne y la traerán dentro de una hora.

Me acomodo en el sillón. «El mismo sillón en el que se sentó Mount.»

«Ya vale, Keira.»

—¿Cómo has conseguido convencerlo? Se pone de mala leche cuando se le pide que cambie los días de reparto.

Temperance clava la vista en el techo.

—En fin... he tenido que acceder a tomarme una copa con él mañana por la noche, pero pienso pillar algo muy contagioso. Vamos, como un herpes o algo así.

Me alegro de no estar bebiendo el café que suelo tomarme por las mañanas, porque lo habría espurreado.

—Por favor, dime que es broma.

—No. Supongo que así dejará de dar la tabarra. ¿Quién aguanta a un tío así toda la vida? Puaj. —Temperance se frota la nariz—. Pero, mierda, ¿y si se acaba enterando mi madre? Van a la misma iglesia. Dios, ya me estoy imaginando el sermón. «No te he educado para que seas una puta, Temperance Jane.» —Esa última frase la pronuncia con un perfecto acento nasal, típico de la zona, y me obligo a soltar una carcajada.

«Mi madre tampoco me ha educado para que sea una puta, pero eso es justo en lo que me he convertido», pienso al tiempo que mis músculos se contraen en torno al juguete.

«¿Cómo puedo odiarlo y, al mismo tiempo, dejar que me ponga tan cachonda?» A lo mejor no es él. A lo mejor es el hecho de que mi marido llevaba semanas sin tocarme antes de que muriera.

Puedo llorar su muerte y odiarlo al mismo tiempo, así que ¿por qué no iba a poder desear y odiar al mismo tiempo?

—Vale, así que ya lo único que nos queda es convencer a Odile de que lo haga —dice Temperance con una sonrisa almibarada.

—Y quieres que me encargue yo. —No es una pregunta. Ya conozco la respuesta.

—Eres la jefa, jefa. —Temperance recoge sus papeles y se levanta—. No para de repetir que debes comportarte más como la directora general, así que he pensado que es un buen momento para concederle el deseo.

Abro la boca para replicar, pero el vibrador entra en acción de repente, provocándome una sensación electrizante. Mi brusco jadeo nos sorprende a las dos.

Temperance se pega los papeles al pecho.

—Si es un problema para ti, puedo...

Me obligo a sonreír y aprieto con fuerza los muslos.

—Claro que no. Lo... lo hago sin problemas. Ya me ocupo yo de Odile. Tú prepara esa presentación y asegúrate de que sea tan cara como vamos a serlo nosotros.

—Son nuestros, jefa. A estas alturas, no se van a echar atrás. He oído que el gerente tiene debilidad por Seven Sinners, sobre todo por la mezcla Espíritu de Nueva Orleans, así que no te sorprendas si te pide que la noche del evento le reserves una caja, o seis.

Temperance se refiere a nuestro whisky más caro, que todavía no está a la venta, salvo por las copas que se pueden pedir en el restaurante. Me arriesgué y ordené que preparasen una remesa de botellas para enviárselas a todos los peces gordos de la ciudad. Tomé la decisión presa del dolor y también de la desesperación tras haberle echado un vistazo a las cuentas y darme cuenta del atolladero en el que estábamos después de que Brett hubiera estado robando de la empresa. El gesto fue muy caro y, de momento, no ha dado sus frutos. Pero, a lo mejor, es cosa del destino. Todo sucede por un motivo, ¿no?

«¿Como el vibrador que tengo entre las piernas y que está controlado por el hombre más peligroso que he conocido?»

De repente, mi creencia de que todo está predestinado y de que sigue un plan queda en el aire.

«Todo sucede en la vida por un motivo...», o eso es lo que siempre he pensado. Ahora mismo, no se me ocurre un motivo para Mount. No estoy segura de que a alguien se le ocurra.

Temperance se detiene al llegar a la puerta.

—Te dejo para que pienses cómo convencer a Odile. Estaré en mi despacho haciendo copias y preparando las presentaciones por si me necesitas.

Consigo despedirla con un gesto de la cabeza casi inapreciable mientras sale del despacho, concentrada ya en su siguiente punto de la lista de tareas pendientes.

Así estaba yo hace poco más de una semana. Joder, así estaba yo desde que cogí las riendas como directora general. Siempre concentrada en el negocio. Eso resultó ser mi salvación, y la única forma de poder enfrentarme a la traición y al desastre de la muerte de Brett.

Odio.

Rabia.

Furia.

¿No es muy triste que esas sean las emociones que han ocupado mi corazón, en vez de algo positivo, durante los últimos meses?

«¿Qué me está pasando?»

Un estafador con una adicción a las drogas muy cara y una amante.

Un hombre que cree que las reglas no van con él.

Mientras mis muslos se contraen de nuevo de forma involuntaria, vuelvo a hacerme una promesa.

«No me va a destruir.»

# 15

## Keira

Estoy sentada a la mesa, en frente del vicegerente, del director de relaciones públicas y del coordinador especial para eventos de Voodoo Kings cuando Carlie, una de mis camareras, lleva la primera ronda de whiskies.

Si alguien cree que no me rebajaría a emborracharlos, se equivoca. Estos hombres tienen poder para firmar el contrato que me ayudaría a sacar a mi empresa del pozo en el que está, y eso implica que no me queda más remedio que conseguir que lo firmen.

¿Me enorgullezco de ello? No especialmente. ¿Estoy dispuesta a hacerlo si hace falta? Desde luego. ¿Doy gracias a Dios de que ni una sola persona de las que hay sentadas al otro lado de la mesa es una mujer, alguien que podría olerse la jugada? Joder, pues claro.

—Caballeros, empecemos la reunión como es debido... con un buen whisky irlandés, destilado en nuestra ciudad siguiendo la tradición de mi familia. —Cojo un vaso y lo levanto, acercándolo al centro de la mesa.

Todos cogen el suyo. Ninguno se da cuenta de que Temperance no lo hace. Si bien yo llevo bebiendo whisky como si fuera leche materna desde hace casi treinta años, ella casi no bebe. Suelo bromear diciendo que sale muy barata en una cita.

Todos los hombres levantan el vaso y brindamos.

—*Sláinte* —digo al tiempo que la vibración se desata entre mis piernas, y casi se me cae el vaso.

Los hombres se beben el whisky de un trago, sin darse cuenta de que a mí me cuesta llevarme el vaso a los labios por las oleadas de placer que me atraviesan.

Bebo un buen sorbo, porque lo necesito más que nunca, y me muevo en el asiento mientras rezo para que esas vibraciones terminen tan pronto como las últimas.

El vicegerente se inclina hacia delante, no mirándome a los ojos, sino con la vista clavada en el escote de pico de mi blusa.

—Bueno, Keira. Tengo entendido que has estado haciendo un trabajo excepcional con la destilería desde que recibiste las riendas de manos de tu padre.

Estoy tan distraída por las vibraciones que siento entre las piernas que no sé si es un cumplido o una burla.

—Los últimos meses han sido un poco agobiantes, pero, al igual que mis antepasados, miro hacia el futuro. —No sé de dónde ha salido esa respuesta, y me obligo a sonreír mientras me acerco al orgasmo—. La tenacidad y los irlandeses van de la... mano. —Me cuesta pronunciar la última palabra.

Estoy a un paso de correrme cuando las vibraciones se detienen de repente. No sé si quiero matar al hombre que controla el mando a distancia o besarlo por no avergonzarme en público.

«¿Besarlo? ¿Te has vuelto loca, Keira?»

El placer desaparece tan rápido como ha aparecido.

«Jamás. Voy a ser como la puta Julia Roberts antes de

que se enamore como una idiota de Richard Gere en *Pretty woman*. Nada de besos en la boca. Nunca. Esa será una de las reglas.»

—Tenaz, desde luego. Debe de ser por esa melena pelirroja. ¿Tienes un temperamento acorde?

Una vez más, los ojos del asistente están clavados en mi escote y soy incapaz de no bajar la mirada.

«Ay, mierda.»

Se me notan los pezones por debajo del sujetador transparente que ha escogido Mount. Salta a la vista que no han recibido la notificación de que no hay orgasmo.

Suelto el vaso en la mesa con más fuerza de la necesaria y el golpe hace que me mire a la cara de repente.

—No tengo mal genio. Esa es una leyenda urbana acerca de las pelirrojas. —Sonrío al mentir, algo que hoy se me da tan bien que no me gusta ni un pelo—. Pero vamos a hablar del magnífico paquete que les hemos preparado.

Por suerte, Temperance interpreta mis palabras como su pie para participar.

—Tal y como han solicitado, y como ya hemos hablado por encima, hemos encontrado la solución perfecta para cualquier problema de relaciones públicas con nuestro sistema de aparcacoches...

—Sigo pensando que están locas si creen que estos tíos se van a tomar bien que se nieguen a devolverles las llaves al final de la velada —dice el director de relaciones públicas, interrumpiéndola.

El coordinador de eventos lo mira.

—Tú eres quien tiene que lidiar con las chorradas de estos capullos más que ningún otro, así que te doy la razón.

Los tres hombres clavan la vista al otro lado de la mesa, yendo de mi cara a la de Temperance, y ella toma la iniciativa.

—Vamos a presentarlo como un servicio de chófer gratuito. Pueden divertirse todo lo que quieran. Pasarse de rosca, que luego los llevarán a casa sin más preocupaciones.

El vicegerente resopla.

—A lo mejor, si añade una puta con cada coche, tentaría a alguno.

El vibrador cobra vida de nuevo, pero apenas un instante. Lo suficiente para que mis pezones no tengan la menor oportunidad de desaparecer de la vista.

Me aferro al borde de la mesa y suelto unas palabras que jamás creí que pudieran salir de mi boca:

—Si eso es lo que hace falta...

Los tres me miran fijamente. Una sonrisa ufana aparece en la cara del vicegerente, y el juguete cobra vida una vez más.

«Voy a matar a Mount.»

—Eres una pelirroja descarada. El equipo, por supuesto, nunca vería bien semejante práctica, ni la pagaría, pero joder, sería una idea cojonuda.

Las vibraciones no cesan, de modo que tengo que aguantar el tipo como sea.

—Era broma, caballeros. Claro que nunca haríamos algo así. Puede que estemos en el negocio del pecado, pero no de esa clase.

Carlie escoge este momento para servir los entrantes, y otra camarera, Dena, lleva la segunda ronda de whiskies.

No tengo ni idea de cómo consigo articular palabra, pero la voz me sale una octava más aguda y finjo que es por la emoción de ver la comida.

—¡Ah, perfecto! ¡Gracias, señoras!

Temperance me mira con expresión rara, sin duda al darse cuenta de que tengo un puño apretado contra la falda, mientras lucho contra la oleada de deseo que me recorre.

«Voy a matarlo», pienso de nuevo.

Temperance coge las riendas de la conversación y empieza a explicar cada entrante, especificando que se corresponden con el presupuesto original. Cierro los ojos con fuerza mientras los hombres engullen la comida.

Mi asistente se inclina hacia mí y me susurra al oído.

—¿Estás bien? De verdad, estás muy rara.

—Migraña. Acaba de aparecer. Estoy aguantando como puedo.

Me mira con expresión compasiva.

—¿Tienes que irte?

«Sí», quiero gritar, pero el vibrador se para.

—No. Estoy bien. Tranquila.

Ninguno de los hombres se percata de nada más allá de la increíble comida y del whisky todavía mejor que les servimos durante la hora siguiente.

Para cuando terminamos, el contrato firmado está sobre la mesa, incluido el aumento por el servicio de chóferes y por el cambio de menú.

Me pongo en pie y rodeo la mesa, y los hombres me imitan.

—Va a ser un evento increíble, caballeros. No se arrepentirán de su elección, y con una barra libre que incluye no solo nuestro fabuloso whisky, sino también las marcas más selectas de licores, su recaudación de fondos va a ser todo un éxito.

—No podría estar más de acuerdo. —El vicegerente extiende la mano para estrechar la mía y, una vez más, no hay contacto visual.

En cuanto nuestras manos se tocan, el vibrador cobra vida, y le doy un rápido apretón antes de soltarlo. Noto la misma vibración, casi como una advertencia, con cada apretón de mano.

«Ah, cabrón. ¿Dónde estás?» La pregunta me quema por dentro, pero mantengo una sonrisa formal mientras Temperance los acompaña al ascensor.

—Tengo que hablar con Odile, así que bajo dentro de un momento. Que tengan un buen día, caballeros.

En cuanto se cierran las puertas metálicas, me doy media vuelta sobre los zapatos de tacón de la noche anterior y echo un vistazo por el restaurante. Hay bastante gente para el almuerzo, pero el primer nombre de mi lista de «Gente a la que hay que matar» no está.

«¿Le habrá dado el mando a distancia a uno de sus secuaces?» La pregunta me revuelve el estómago y suscita otra idea igual de repulsiva. «¿Solo soy un juguete que pasar de mano en mano? ¿Se ha propuesto convertirme en una puta?»

Examino el restaurante y algunas de las personas me devuelven la mirada y me sonríen con educación, pero nadie destaca en exceso ni tiene un letrero que diga «Trabajo para Lachlan Mount y te estoy jodiendo la vida».

Espero a que el ascensor suba de nuevo al último piso, ansiosa por regresar a mi sótano, donde puedo...

¿Hacer el qué? ¿Qué puedo hacer? No ostento poder alguno.

«No permitas que te avasalle.» Ese fue el consejo de Magnolia.

No dejar que me avasalle implicaría entrar en el aseo de señoras y sacarme esta cosa ahora mismo para tirarla a la basura.

«No te atrevas a sacártelo sin mi permiso. Te prometo que si lo haces, no te gustará el castigo.» Tengo la advertencia de Mount grabada a fuego en la cabeza.

Ni siquiera quiero pensar en el castigo que se inventará, claro que tampoco puedo dejar que lo controle todo.

Una cosa es que me coma la cabeza mientras estoy en su territorio, y otra muy distinta que lo haga mientras intento hacer negocios. Esa era una de mis exigencias, una que, a todas luces, no quería oír, porque se largó.

«A la mierda con él y con sus castigos. Haz lo que quieras, Mount.»

Me dirijo hacia el aseo de señoras, pero siento otra vibración contra la pierna.

No se trata del vibrador esta vez, sino del móvil.

Suelto el aire despacio y me meto la mano en el bolsillo de la falda de tubo para sacarlo, casi esperando ver el número de Mount en la pantalla. Pero, por suerte, no lo es, y ver una foto de mi madre, muy sonriente, me ayuda a centrarme y me recuerda por qué estoy haciendo esto.

Contesto con la primera sonrisa genuina que he esbozado en varios días y me meto en una hornacina del pasillo que conduce a los aseos.

—Hola, mamá, ¿cómo estás? ¿Qué tal papá?

—¡Estamos bien! Genial, la verdad. He mejorado muchísimo mi golf, pero eso da igual. Llamo para saber cómo lo llevas.

Cuando habla del golf, recuerdo la foto que me mandaron como advertencia.

—Estoy bien. Todo va estupendamente. —Espero que mi voz suene convincente, pero cuando me contesta, sé que no ha sido así.

—Cariño... ¿Has hablado ya con ese terapeuta? De verdad que creo que deberías hablar con alguien de todo esto. Enterrar todas esas emociones conflictivas por la muerte de Brett no es sano. Tienes que hablar del tema. Sacar la rabia que llevas dentro.

Pienso en toda la rabia que he sentido desde que Mount apareció en mi despacho.

Mi madre continúa.

—Y también el dolor. Aunque ibas a divorciarte de él, que es como una muerte de por sí.

—Estoy bien, mamá. De verdad. Estoy bien. Si así te sientes mejor, me apuntaré a clases de kickboxing para sacar la rabia.

En cuanto pronuncio esas palabras, recuerdo que ya no tengo control sobre ese tipo de decisiones. Me recogerán y me devolverán a mi cárcel al final del día.

—Cariño, cariño, no es lo mismo. Pedir ayuda no te hace débil.

Si supiera la ayuda que necesito ahora mismo... «Pero no puede saberlo jamás.»

—Oye, las dos sabemos que esta conversación va a terminar conmigo diciéndote que la mejor terapia para mí es el trabajo y arreglar todos los follones que montó antes de su... muerte. —Hago una pausa antes de pronunciar la última palabra porque me sigue costando hablar del tema. Me cabreé mucho con él; pero, en otro tiempo, lo quise, y pensar en la muerte tan espantosa que tuvo... No se lo desearía a nadie.

Oigo un suspiro sufrido al otro lado de la línea, un suspiro que juro que todas las madres han perfeccionado a lo largo de los años.

—Bien sabe Dios que me encantaría discutir contigo, pero tu padre diría lo mismo.

—¿Qué tal papá?

En parte, mi padre por fin delegó el control de la empresa en mí porque su médico le dijo que era el típico ejemplo del hombre que se jubila a los sesenta y cinco para morir a los sesenta y seis porque se ha matado a trabajar durante años. Mi madre se negaba a permitir algo así, de modo que lo obligó a jubilarse. Quiero creer que él habría tomado la decisión por sí solo, pero conociendo a mi padre, es más que improbable.

—Le va genial. Lo más estresante que hace es enfrentarse a su hándicap en golf, y su último reconocimiento médico ha salido como hacía años que no salía. —El alivio es evidente en la voz de mi madre.

—Y seguramente también se estrese al pensar si va a recibir mi cheque todos los meses o no —añado, sin poder evitarlo.

—Keira, ya vale. Sabe que le tienes mucho más cariño a esa vieja destilería que tus hermanas y que morirías antes que verla fracasar. Cree en ti, aunque no te lo diga lo suficiente. Los dos estamos muy orgullosos de ti.

No se da cuenta de lo mucho que necesito oír esas palabras ahora mismo. Claro que, ¿hasta qué punto se sentirían orgullosos mis padres si supieran que me estoy prostituyendo para mantener vivo el legado familiar?

La vergüenza me consume hasta lo más hondo por lo que estoy haciendo.

«No tengo alternativa.»

Pero eso no significa que me tenga que gustar.

—Gracias, mamá. Os quiero a los dos. Me alegro de que papá por fin esté aprendiendo a relajarse.

—Ay, cariño, yo no he dicho eso. Ya es presidente de la comunidad de vecinos y está intentando que se establezcan unas reglas para los carritos de golf. Este hombre es incapaz de ser algo distinto a lo que es: un director general. Pero por eso lo quiero. Por su energía. Por su pasión. Me conquistó desde el primer día. No hay vuelta de hoja.

A sabiendas de que está a punto de contarme la historia de su primera cita por quincuagésima vez, la interrumpo.

—Lo sé, y ojalá que algún día yo encuentre lo mismo.

Aunque no lo digo en serio. La muerte y la traición de

Brett siguen demasiado frescas como para pensar en casarme de nuevo. Tal vez no lo haga nunca. Pero mis padres son la prueba de que, a veces, puede funcionar.

Mi madre aprueba mis palabras.

—No sabes lo feliz que me hace oírte decir eso. Lo único que deseo es que puedas continuar con tu vida y encontrar a alguien que te quiera como te mereces. Es lo único que pido para mis niñas. Alguien que las trate como reinas.

Tal vez Lachlan Mount sea el rey de los bajos fondos de Nueva Orleans, pero desde luego que nunca me tratará como a una reina. Además, eso ni siquiera es una opción, así que ¿por qué se me pasa siquiera por la cabeza? Es por mi madre. Sus charlas provocan locura transitoria de vez en cuando.

—Tengo una reunión dentro de un rato, así que tengo que dejarte. Pero te quiero, y me ha encantado hablar contigo. Os echo de menos a los dos —le digo.

—Sabes que me subo en el primer vuelo si me necesitas, cariño. Y pronto voy a necesitar un *beignet* como Dios manda.

La idea de que mi madre esté en la misma ciudad que Mount es una pesadilla peor que la que estoy viviendo ahora mismo. Sería incapaz de explicar lo que pasa o de mentir para ocultarlo.

—Ahora mismo estamos liadísimos con el evento que va a celebrarse dentro de nada y sabes que si vienes tú, papá también querrá venir. Las dos sabemos que se lanzará de cabeza a los negocios y empezará a estresarse por los detalles, y no queremos que lo haga.

Mi madre suspira.

—Y, además, no dejaría de entorpecerte. Lo sé. Lo sé. Pero pronto tendrás que venir a vernos, cuando puedas escaparte unos días.

Eso de «escapar» ha adquirido un nuevo significado ahora que he pasado una noche en cautividad.

—Lo haré. Te lo prometo. En cuanto pueda. —Y para mis adentros, añado: «O en cuanto consiga medio millón de dólares, porque eso solucionaría todos mis problemas.»

—Vale, cariño. Hasta pronto.

—Saluda a Imogen y a Jury de mi parte —añado, a sabiendas de que va a continuar con la lista de hijas a las que tiene que llamar para comprobar cómo les va.

—Pues claro. Un día de estos os veré de nuevo reunidas para celebrar un acontecimiento feliz. Seguro que sí. Una de vosotras se casará y tendrá hijos muy pronto.

—Adiós, mamá. —Corto la llamada y detesto que la mayoría de la conversación hayan sido mentiras.

Mis hermanas y yo no podemos tener menos cosas en común, y no las he visto desde el funeral de Brett. De hecho, me sorprendió que asistieran las dos.

Imogen se ha enterrado en su tesis, decidida a conseguir un increíble puesto de posgraduada que lance su carrera al estrellato. Es la ambiciosa de la familia, pero se mostró muy comprensiva en el funeral, casi la única emoción auténtica que le he visto en años. No es la típica hija de en medio. No se rebela. Controla todas sus emociones.

Y luego está Jury, que deambula por el mundo, meneando el culo en los bares por dinero. Se comportó como una bruja durante el funeral. Creo que sus palabras exactas fueron: «No habría escogido un mejor final para ese cabrón.»

La abofeteé y me fui de allí mientras Imogen jadeaba y le ordenaba que, por una vez en la vida, mostrara algo de respeto.

Jury no se arrepintió de nada. Al parecer, los maridos infieles no merecen compasión según ella, lo que me lleva a preguntarme quién le ha sido infiel, pero entre nosotras no hay confianza como para sacar el tema. Conozco de la vida de mis hermanas exactamente lo mismo que ellas conocen de la mía y, por una vez, me alegro. No es algo que quiero que las toque.

Me meto el móvil en el bolsillo y doy un paso hacia el ascensor, pero el vibrador cobra vida de nuevo.

Me dirijo a las puertas de acero del ascensor como una niña pequeña que se está haciendo pis encima y pulso el botón. Levanto la vista al techo y me obligo a pensar en cualquier cosa que no sean las vibraciones que siento entre las piernas.

«Para. Por favor, para.»

Una vez en el ascensor, veo cómo los números van cambiando en mi descenso al sótano, desesperada por llegar a mi despacho antes de estallar en llamas.

Voy a correrme.

No hay más vuelta de hoja, voy a hacerlo.

Abro la puerta del despacho con el hombro y entro en tromba, lista para gemir con el orgasmo... y el vibrador se para.

La lámpara de mi escritorio está encendida y, al igual que la vez anterior, Mount está repantigado en mi sillón, como un rey en su trono.

—¡Hijo de puta! ¿Dónde estabas? ¿En el restaurante? ¿Observando la reunión? ¿Intentando joderme el trato? ¿Quieres que fracase? ¿Ese es el objetivo de todo esto? Porque no pienso fracasar. Puedes comerme la cabeza todo lo que quieras, pero no pienso permitir que también arruines mi negocio.

Se inclina hacia delante, apoyando los brazos en la mesa. Sus gemelos, negros y con diamantes engastados, brillan bajo la luz de la lámpara.

—Cierra la puerta con llave.

Mi pecho, que se sacude por la indignación que me han provocado mis propias palabras, se para de golpe.

—Estamos en mi despacho. Aquí no controlas la situación. —Me enorgullezco al oír que no me tiembla la voz.

Mount extiende los dedos y presiona con ellos la mesa mientras se levanta un poco.

—Sigues sin entenderlo —dice, como si le hiciera gracia mi reacción, tras lo cual añade con seriedad—: No me obligues a repetirme, Keira.

Al ver que no me muevo, se levanta del todo, con las manos a los costados.

—Cierra la puta puerta con llave.

Suelta la orden con un deje tan amenazador, aunque lo haya dicho en voz baja, que no me queda más remedio que obedecer. Echo el brazo hacia atrás y cierro el pestillo. A la tenue luz, soy incapaz de descifrar su expresión, pero no creo que augure nada bueno para mí.

—Te he estado observando. He observado cómo ellos te observaban.

—¿Cómo? No estabas allí.

No me contesta.

—Querían follarte. ¿Te has dado cuenta?

Recuerdo cómo los hombres me miraban los pechos y los pezones endurecidos, para mi vergüenza.

—Solo por lo que me has obligado a ponerme.

Rodea el escritorio.

—Te equivocas. No lo ves. No tienes ni puta idea de lo que piensan los hombres cuando te miran. Salvo hoy. Hoy lo has sentido.

No sé cómo responder, pero Mount no necesita que diga nada para continuar.

—Pero ninguno de ellos te puede tener porque me perteneces. Ven aquí.

Al ver que no me muevo, se mete una mano en el bolsillo y el vibrador cobra vida, esta vez a una velocidad mucho más intensa.

Cierro los puños con fuerza y contengo un gemido cuando el placer me asalta. Pasar toda la mañana al borde del orgasmo ha hecho que esté cada vez más cerca de alcanzarlo.

—Ni se te ocurra correrte. —Su voz adquiere un deje gruñón con la orden.

—No puedo parar... —Está ahí. Casi al alcance de mi mano cuando aprieto los muslos y espero que el éxtasis explote en mi interior.

Y, luego, se detiene.

—¡Cabrón!

Acorta la distancia que nos separa con tres zancadas y me agarra de una cadera.

—Joder, no vas a correrte hasta que yo lo haga, y ya estás en deuda conmigo. ¿Cuántas más quieres acumular?

Me digo que la cabeza me da vueltas porque estoy a punto de hiperventilar, no por él. Consigo responder a duras penas:

—No quiero deberte nada más, joder.

—Demasiado tarde. Solo me queda por decidir cómo vas a hacer que me corra primero. Con las manos, con la boca, con las tetas, con el coño o con el culo.

Intento controlar el movimiento involuntario de mis muslos, pero él se da cuenta. «No se le escapa nada.»

Mount resopla y me mira fijamente.

—Podría hacer que te corrieras en menos de un minuto. Me bastaría con rozarte el clítoris y activar de nuevo el vibrador para que gimas mi nombre. Soy dueño de tus orgasmos. Yo decido cuándo te corres. No tú. Mételo en la cabeza. Asúmelo. Porque, joder, te va a encantar cuando termine contigo.

—Jamás. —Pronuncio las dos sílabas con retintín al darme cuenta de que mi nueva estrategia se ha convertido en plantarle cara o morir en el intento. Y con Mount, morir puede que sea una posibilidad real.

Con un rápido movimiento, me pega la espalda a la puerta y me aferra la cadera con más fuerza mientras me levanta la falda con la mano libre.

Espero que me meta mano en el coño, pero solo me acaricia la cara interna de los muslos con un dedo.

—Estás chorreando por mí.

Su dedo encuentra el cordón que hay en el extremo del juguete y le da un tironcito. El inesperado movimiento me arranca un gemido. Me lo saca un poco y me lo vuelve a meter, masturbándome despacio con cada caricia.

«Intenta matarme manteniéndome al borde del orgasmo.» Me muerdo el labio y cierro los ojos con fuerza.

—No seas cobarde. Abre los ojos, joder.

Lo hago y me topo con su mirada. Sus ojos oscuros tienen una expresión triunfal.

—Solo tienes que pedirlo. —Es como si el diablo te ofreciera tu deseo más ferviente por el insignificante precio de tu alma.

—Que te follen. —No hay pasión en mis palabras porque mi cuerpo se balancea al borde del cataclismo.

—No, Keira. Te estoy follando yo a ti. Soy el único que te va a follar.

Me acaricia el clítoris con el pulgar y se acaba para mí. El orgasmo me asalta como un huracán. Incontrolable. Salvaje. Indómito.

Intento contener el gemido, pero no puedo. Me desintegro, con la vista clavada en los desalmados ojos oscuros de un hombre al que odio, pero que sabe jugar con mi cuerpo como si le hubieran dado un manual de instrucciones cuya existencia yo desconocía.

Me acaricia el clítoris con más insistencia y exprimo el placer al máximo. No puedo evitarlo. La sensación es demasiado buena como para no aprovechar hasta la última gota.

Cuando me saca el vibrador, no estoy preparada. Me quedo boquiabierta al ver que lo saca de debajo de la falda.

Mi primer pensamiento es tan irracional que ni siquiera quiero contemplarlo.

«Métemelo otra vez. Quiero que me lo metas otra vez.»

Sostiene el vibrador negro y dorado en alto entre nosotros, mojado por mi flujo, y me obliga a contemplar mi vergüenza.

«¿Cómo puedo permitir que me haga esto?»

—Esto debería cubrir mi polla ahora mismo. Pero tienes que ganarte ese privilegio.

Sus irritantes palabras me atraviesan. ¿Que me lo tengo que ganar? Ya le gustaría a él.

Mount me coge una mano y me obliga a cerrar los dedos en torno al vibrador.

—Será mejor que tengas esto en el coño cuando te recojan.

Se aparta y me alejo a trompicones de la puerta. Tras quitar el pestillo y abrir la puerta con un crujido, me quedo sola, con el vibrador en la mano y sin saber qué narices acaba de pasar.

De verdad que creo que podría matarlo con mis propias manos. Pero también lo deseo más de lo que he deseado a ningún otro hombre.

Es algo visceral. Atávico. Incontrolable.

Magnolia me lo advirtió, pero no había entendido la magnitud de dicha advertencia. Quiero luchar contra él hasta el último aliento; pero, a la vez, también quiero clavarle las uñas en la espalda mientras me folla hasta que grito de placer.

Cierro la mano en torno al juguete y me estremezco por la idea de volver a metérmelo.

Mount asegura que es dueño de mis orgasmos.

Empiezo a creer que es verdad.

# 16

## Keira

No sé ni para qué intento trabajar durante el resto del día. No me puedo concentrar en otra cosa que no sea el juguete sexual que he lavado en mi cuarto de baño privado, he envuelto en papel y he guardado en el bolso... después de pasarme casi una hora quitándome la henna.

Las cinco llegan y pasan, pero no salgo del despacho. Cuanto más tiempo esté aquí, más tiempo evitaré tener que cumplir alguna de sus órdenes.

Son más de la siete cuando alguien llama a la puerta del despacho. Tenso los hombros de inmediato y me aferro al borde de la mesa.

«No es él», me digo mientras me obligo a relajarme. Mount jamás llamaría.

Le doy permiso para entrar a quienquiera que sea y veo que Temperance asoma la cabeza.

—Me había parecido que tenías las luces encendidas. Pensaba que habías salido a celebrar el triunfo de hoy.

«Salido a celebrar...» Eso es algo que ya no tengo permiso para hacer. ¿O sí?

—Ya me conoces, soy adicta al trabajo.

—Es cierto. Por eso he traído la celebración a tu despacho. —Se saca una botella de champán que llevaba escondida a la espalda.

Miro la botella, sorprendida.

—Creía que no bebías alcohol. Nunca has probado el whisky.

Veo que se muerde el labio inferior y que me mira con timidez.

—A lo mejor me despides, pero... es que no me gusta el whisky.

Me santiguo como si fuera un cura y ella hubiera pecado en mi presencia.

—¿Lo dices en serio?

Ella asiente y sonríe en respuesta.

—Estoy segura de que Seven Sinners es el mejor que hay, y por eso lo vendo tan bien. Pero, después de que una noche en concreto, durante el primer año de universidad, mi flamante compañera de cuarto tuviera que sostenerme la papelera mientras yo vomitaba desde la litera superior, no he sido capaz de volver a olerlo siquiera.

Uno las manos al frente y me las llevo al puente de la nariz mientras me imagino la escena con una carcajada.

—Vale. A mí me pasa lo mismo con la ginebra. Sabe demasiado a los ambientadores con olor a pino cuando la vomitas. O, al menos, eso pasaba con la ginebra barata que bebía en la universidad. Ahora solo bebo whisky del bueno.

—¿Solo Seven Sinners?

Niego con la cabeza.

—No, me aseguro de probar el whisky de nuestros competidores todo lo que puedo. Hay que saber lo que está haciendo la competencia para asegurarnos de hacerlo mejor.

Temperance levanta la botella de champán.

—¿Eso significa que nada de brindar con champán para celebrarlo?

El deje esperanzado de su voz es tan evidente y tengo tan pocas ganas de irme que no puedo evitar aceptar la invitación.

—Tengo unos vasos que podemos usar. No son copas, pero nos evitarán tener que subir en busca de unas.

Temperance sonríe.

—No soy puntillosa. Estaba pensando en usar las tazas con el logo de la empresa. —Se sienta en uno de los sillones de cuero situados frente a mi mesa y levanta la botella—. ¿Quieres hacer los honores?

Recuerdo la última vez que descorché una botella de champán. Fue en mi casa durante mi noche de bodas, porque Brett no consiguió abrirla.

Ahora me pregunto si solo bebió alcohol aquella noche. Los buenos recuerdos a los que traté de aferrarme después de su traición están manchados por lo que me contó Magnolia. Mi marido era un estafador y un cocainómano, además de un hijo de puta que me puso los cuernos. Asimilo la realidad mientras acepto la botella de manos de Temperance.

—Desde luego. —Saco los vasos que tengo en el aparador de detrás de mi mesa, y que uso para exponer las distintas botellas de Seven Sinners que hemos comercializado a lo largo de los años, y las coloco sobre el protector de la mesa.

Descorcho el champán sin que se derrame y lleno los vasos casi hasta el borde.

—¡Hala! Se te ha ido un poco la mano, ¿no? —dice Temperance.

En vez de responder, levanto el vaso y ella hace lo mismo.

—*Sláinte.*

Brindamos y bebo un generoso trago. Tiene el punto

perfecto de dulzor y sequedad, y un extra añadido: las burbujas se me suben directas a la cabeza mientras me concentro en beberme el vaso entero.

«Sí, esto es justo lo que necesito esta tarde», me digo.

Dejo el vaso en la mesa y le doy la vuelta a la botella para mirar la etiqueta con atención. No reconozco la marca, pero eso no significa nada. No estoy al día en cuanto a vinos.

—Buena elección —digo mientras me relleno el vaso. Miro a Temperance y descubro que ella me está mirando.

—Sé que los últimos meses han sido difíciles. Si puedo hacer algo más, si te puedo ayudar con algo, dímelo. Estoy aquí para lo que necesites.

Es una chica muy dulce y una empleada ejemplar, pero no tiene ni idea del motivo por el que me encantaría beberme la botella entera. A lo mejor estoy borracha cuando llegue al piso de Mount... Tan pronto como ese pensamiento se me pasa por la cabeza, sé que es un error. Necesito estar al cien por cien cuando me enfrente a él y, aunque me puedo pasar el día entero bebiendo whisky sin emborracharme, el champán es harina de otro costal.

—Si alguna vez te apetece hablar de lo que ha pasado...

Me llevo el vaso a los labios otra vez y, después de soltarlo en la mesa, coloco las manos en el regazo.

—Bastantes responsabilidades tienes ya. Joder, te mereces un aumento y en cuanto cobremos el cheque de los Voodoo Kings, me encargaré de que lo tengas.

La emoción le ilumina la cara.

—¿En serio? Genial. La última vez que me ofrecieron un aumento me negué por las condiciones. —Tan pronto como lo dice pone cara de desear no haber hablado.

—¿De qué hablas? ¿Fue aquí?

En su cara hay una expresión culpable mientras niega con la cabeza efusivamente.

—No. Hummm... fue en otro trabajo. En otro sitio.

La observo con atención.

—Mentir se te da fatal.

Esta vez es ella la que se bebe el vaso de champán de un trago.

—Cuéntamelo. —Tengo un mal presentimiento que me está formando un nudo en la boca del estómago. Intuición. Ya era hora de que la desarrollara.

—No debería. Ya no importa.

Apoyo los codos en la mesa con el vaso sujeto entre los pulgares y los índices.

—Dímelo y ya, joder. Sea lo que sea, se quedará entre nosotras y tu trabajo no se verá afectado en absoluto. Te lo prometo. —Mis palabras son ciertas, porque no puedo permitirme el lujo de perderla.

Temperance se llena el vaso y bebe otro sorbo.

—Digamos que si no hubieras sido mi ídolo empresarial y que si el mercado laboral no estuviera tan mal, me habría largado en cuanto Brett entró en escena.

—¿Qué te dijo?

Se queda blanca de repente y recorre el despacho con la mirada, dispuesta a detenerse en cualquier cosa menos en mi persona.

—Solicité un aumento de sueldo, pero no me di cuenta de que tú habías salido porque tenías una reunión. Fue Brett quien recibió la solicitud, así que me llamó a su despacho para discutir el tema. —Bebe otro trago de champán, como si necesitara el valor que infunde el alcohol.

Yo, al contrario, lo necesito para enmudecer la rabia que me consume.

—¿Y?

—Me dijo que si quería un aumento, tendría que ganármelo a la antigua usanza. Pensé que se refería a que tenía que trabajar más. —Hace una pausa y aprieta los labios como si no quisiera seguir contando la horrible verdad. Asiento con la cabeza para invitarla a continuar—. Se bajó la cremallera de los pantalones y me dijo que ya podía hacerle una mamada. —Se atraganta con la última palabra, y en este momento estrangularía a Brett de buena gana si estuviera vivo.

Extiendo un brazo para coger la botella de champán y rellenar los vasos.

—Lo siento mucho, joder. No sé cómo pedirte perdón. Deberías haber renunciado al puesto. Joder, deberías haberlo denunciado por acoso sexual. Yo lo habría hecho en tu lugar.

Se produce un silencio momentáneo mientras bebemos.

—Estuve mirando para ver si encontraba otro trabajo. No voy a mentirte al respecto. Pero no encontré nada comparable a esto. Me quedé por motivos egoístas, la verdad, y porque le dije a Brett que como alguna vez me propusiera algo similar, se lo diría a mi hermano y él se la cortaría con un cuchillo y después lo filetearía como si fuera un pescado.

Sus palabras me hacen enderezar la espalda.

—¿Y tu hermano habría...?

—Si tú tuvieras un hermano, ¿no lo haría? —replica ella.

—¿Se lo dijiste a tu hermano? —le pregunto, después de que se me venga una idea a la cabeza.

Ella pone los ojos como platos.

—No. Dios mío. No. No tuvo nada que ver con la muerte de Brett. Te lo juro por mi abuela.

—No lo he dicho a modo de acusación. Solo...

Temperance niega con la cabeza.

—No. Yo preguntaría lo mismo de estar en tu lugar. Además, si se lo hubiera dicho a mi hermano, Brett habría muerto muchísimo antes. Claro que eso sirve de poco consuelo. Mierda. No debería habértelo dicho. Lo siento mucho. No tengo tacto. —Se levanta del sillón, como si estuviera a punto de salir corriendo del despacho.

—Para. Siéntate. No pasa nada. —Apenas soy capaz de procesar la conversación que estamos manteniendo, pero decido contarle algo que poca gente sabe—. Cuando todo pasó, estaba en proceso de dejar a Brett. A ver, que todavía me duele haber perdido lo que teníamos al principio. Estoy segura de que no te sorprenderá saber que me estaba poniendo los cuernos.

Temperance se sienta de nuevo con expresión compasiva.

—Lo siento mucho. Siento mucho todo lo que ha pasado. Que los hombres sean unos cabrones. Que hayas tenido que lidiar con todo lo que ha pasado.

—Tú no tienes la culpa.

Levanta el vaso.

—Ni tú tampoco. Por los hombres buenos que todavía existen, aunque no sean perfectos y, a veces, sean malísimos.

Levanto el vaso y brindamos de nuevo, pero sus palabras provocan un torbellino en mi mente. He supuesto que está hablando de su hermano, pero ese «malísimos» puede aplicarse perfectamente a Mount.

Apuro el champán, consciente de que no voy a beber más. Si lo hago, empezaré a pensar en huir para no tener que enfrentarme a él y esa opción no es viable.

No. Esta noche tenemos que discutir las condiciones de este trato, porque la última vez me dejó con la palabra en la boca.

Dejo el vaso vacío en la mesa y la miro a los ojos.

—Gracias por ser honesta conmigo, aunque desearía que me lo hubieras contado en cuanto pasó. De todas formas, entiendo muy bien por qué no lo hiciste. Gracias por haber aguantado sin necesidad, porque no podría haber soportado estos últimos meses sin ti. Desde luego que te has ganado el aumento.

La sonrisa de Temperance es cálida y sincera, tal como es ella.

—Me encanta este trabajo. Me encanta esta empresa y estoy orgullosa de trabajar aquí. —Se levanta de nuevo del sillón—. Y para que lo sepas, eres una jefa increíble.

Sus palabras me llenan de orgullo, pero también me hacen pensar en lo cerca que ha estado de tener un nuevo jefe hoy. Un jefe brutal. Uno para el que seguramente no se sentiría orgullosa de trabajar. En realidad, es posible que Mount hubiera echado el cierre sin avisar y que todos mis empleados tuvieran que estar buscando trabajo a estas alturas.

«Este es el motivo de que aceptara el trato», me recuerdo.

—Gracias. Viniendo de ti significa mucho. —Espero que sepa que lo digo con total sinceridad.

—Será mejor que vuelva a mi despacho para trabajar otra hora antes de irme a casa. Más vale prevenir que curar, ¿verdad?

—Chica lista.

—Eso intento. Hasta mañana, jefa. —Echa a andar hacia la puerta y deja lo que queda de la botella de champán.

Es una tentación irresistible. ¿No sería fácil emborracharme hasta el punto de no recordar nada de lo que suceda esta noche? Pero no voy a hacerlo. Ya voy achispada y bastante desventaja me supone eso.

Me levanto del sillón y me llevo la botella al cuarto de baño para tirar el contenido al lavabo antes de que el sentido común me abandone. La dejo vacía en la encimera. Ya me ocuparé de tirarla al contenedor de reciclaje mañana, con el resto de las botellas del restaurante. Esta noche tengo cosas más importantes de las que preocuparme.

Recojo mis cosas y me cuelgo el bolso al hombro antes

de dirigirme a la puerta mientras reúno el valor necesario para enfrentarme a Mount después de la escena de esta tarde.

Estoy a punto de salir cuando siento que me vibra el bolso y me quedo petrificada.

El vibrador.

Mierda.

Me doy media vuelta y me apoyo en la puerta.

—¿Es una advertencia, porque sabes que todavía no me lo he puesto o estás intentando cabrearme antes de que me «entreguen» otra vez? —Hago la pregunta al despacho vacío, aunque ya no estoy tan segura de que lo esté. Sé que no está aquí, pero no puedo evitar mosquearme—. ¿Me estás observando ahora mismo? ¿Dónde están las cámaras? —Me doy media vuelta y me tambaleo un poco por los taconazos y el champán mientras examino el despacho, aunque sé perfectamente lo que hay en cada rincón—. ¿Dónde están? —repito en voz alta, pero no tanto como para que me oiga Temperance, cuyo despacho está al fondo del pasillo.

Echo a andar de nuevo hacia la puerta y siento otra vez la vibración en el bolso antes de que toque siquiera el pomo. Me alejo de la puerta cerrada y me planto en el centro de la estancia con paso firme y pausado en esta ocasión. Levanto las manos y hago sendas peinetas mientras giro lentamente.

—Dime si puedes verme, Mount.

El vibrador ya no se mueve, pero algo me dice que me está observando.

Echo a andar hacia el cuarto de baño, cierro de un portazo y cuando arrojo el bolso a la encimera, golpea la botella de champán, que acaba rodando y cayendo por el borde.

—¡Mierda!

La botella golpea el suelo de tal forma que acaba rota por el cuello.

Podría haber sido peor, me digo mientras me agacho para recogerla.

Pero como estoy achispada por el champán, no calculo bien las distancias y acabo cortándome con uno de los afilados bordes en la palma de la mano izquierda.

—¡Joder!

Me sale sangre y duele que te cagas. Cojo un trozo de papel y me lo aprieto contra la mano para detener la hemorragia mientras me agacho en busca del botiquín de primeros auxilios que guardo debajo del lavabo. Sé que tiene que estar por aquí. El lema de mi padre es «Siempre hay que estar preparado», algo que tiene sentido porque fue un Boy Scout. Otra tradición que quería pasar al hijo que no le tocó tener.

Una vez que doy con el botiquín, cojo un rollo de gasa y otro de esparadrapo. Al parecer, estar preparado no incluye tener apósitos del tamaño adecuado para la palma de la mano. Me quito el trozo de papel del corte y doy un respingo, aunque no es tan grave como parecía al principio. Sí que me duele, pero no es tan profundo como para necesitar puntos.

Menos mal, porque la sensación de la aguja de sutura mientras un médico me cose, aunque esté anestesiada, me pone los pelos como escarpias.

Me envuelvo la mano con la gasa y la sujeto con un trozo de esparadrapo. Ya tiraré mañana la botella rota cuando esté sobria. Cojo el bolso y salgo del despacho, lista para que «me recojan».

# 17

## Keira

Hasta que no estoy con la cabeza cubierta en el asiento trasero del coche que conduce Cicatriz no me vibra el bolso. En cuanto lo hace, se me cae el alma a los pies, porque recuerdo lo que Mount me dijo esta mañana.

«Será mejor que tengas esto en el coño cuando te recojan.»

El incidente con la botella de champán y tener que curar la herida resultante ha hecho que se me olvide por completo por qué entré en el cuarto de baño. Me da la sensación de que no se va a creer la historia.

Mierda. Sopeso mis opciones mientras el coche se dirige a saber adónde.

O meto la mano en el bolso, cegada por la capucha, e intento meterme este chisme con una sola mano, segurísima de que Cicatriz me está observando a través del retrovisor. O puedo enfrentarme a Mount a sabiendas de que he desobedecido una orden directa y asumir las consecuencias.

Me tienta enseñar mis partes en el coche. De verdad que sí. Meto la mano sana en el bolso y la cierro en torno al juguete que no deja de vibrar.

«¿Ese gilipollas me quiere retorciéndome en el asiento trasero del coche?» Vamos, que espera que esté a punto de tener un orgasmo cuando me dejen en su puerta. A lo mejor se cree que así seré más sumisa.

No me conoce en absoluto. Eso refuerza mi decisión: no voy a hacerlo. No sacrificaré mi dignidad para seguir sus órdenes y meterme un juguete sexual mientras otra persona me observa. Ni de coña.

El trayecto parece eterno, pero creo que es la capucha la que me está comiendo la cabeza. Perder el sentido de la vista me deja tocada, y seguro que esa es la intención de Mount. A menos que quiera guardar tan en secreto su lugar de residencia que no quiere que nadie más sepa dónde es. Lo que implica que es un hijo de puta manipulador, un manipulador paranoico o ambas cosas a la vez.

Antes de que pueda decidirme, Cicatriz se detiene por completo y reconozco el sonido del coche al ponerse en punto muerto antes de que pare el motor.

Cicatriz abre su puerta y, al igual que las otras veces, la mía también se abre. Me coge en brazos y, en esta ocasión, mi bolso se viene conmigo.

Me pregunto qué rutina de ejercicios hace Cicatriz para que me lleve en brazos como si pesara menos que una pluma, que no es el caso. Las tetas y el culo, además de beber cierta cantidad de whisky irlandés, le añaden kilos a una mujer, pero me da lo mismo.

Las palabras de Magnolia resuenan en mi cabeza:

«Tienes buenas tetas, un buen culo y esa preciosa melena pelirroja que hace que los hombres piensen que van a encontrarse con una hoguera cuando te tengan debajo... Y, lo mejor de todo, es que ni siquiera eres consciente de esa realidad.»

Mientras me llevan escaleras arriba y luego abajo, y me

dan una vuelta increíble, me doy cuenta de que Mount me ha dicho algo parecido.

«No tienes ni puta idea de lo que piensan los hombres cuando te miran. Salvo hoy. Hoy lo has sentido.»

Es verdad que no me paso un montón de tiempo contemplando mi reflejo en el espejo. Mayormente porque estoy muy liada con el trabajo. Nunca me ha gustado todo eso de subir fotos y meterme en las redes sociales, y no me las hago a menos que alguien me obligue a salir en una por motivos laborales.

No le di mucha importancia a las palabras de Magnolia. Sé que mi amiga no me mentiría, pero me ve a través de la amistad, y eso te añade una belleza que otra persona tal vez no vea.

Sin embargo, ¿lo que me dijo Mount esta mañana? Eso sí me ha calado. Normalmente, no me fijo en esas cosas. No espero que los hombres me miren ni tampoco me percato de sus miradas. Eso es más cosa de Jury. Incluso de Imogen, con sus facciones perfectas y su belleza clásica.

Yo era la que seguía los pasos de papá, aprendiendo los matices de sabor que podíamos crear al usar diferentes tipos de barril o qué proveedores de cereales eran los mejores y por qué.

Salvo hoy... Hoy Mount tenía razón. He sentido la atención de esos hombres mientras ellos se pasaban la reunión de negocios mirándome a los pezones en vez de a los ojos. Fue humillante, no gratificante.

Otro pecado que poner a sus pies. Unos pies con los que seguramente me aplastará esta noche al darse cuenta de que no he cumplido sus órdenes.

Salgo de mis elucubraciones de golpe cuando me dejan de pie y el sonido de una puerta al cerrarse con llave me invade el cerebro. Al igual que la última vez, me quito la capucha de un tirón y me preparo para atacar mientras echo un vistazo a mi alrededor. Es como si te preguntaras si te han dejado en una habitación con un tigre hambriento o con un ratoncillo de biblioteca.

La analogía se acerca demasiado a la realidad mientras me doy la vuelta y observo el mismo salón que dejé esta mañana. Parece igual, salvo que ya no están las bandejas con sus tapas de plata que no me digné tocar. Apenas he probado bocado, salvo por el whisky.

Ambas cosas explican por qué el champán se me subió a la cabeza más rápido de lo normal.

Entro en el dormitorio, otra vez en guardia, a la espera de saber desde qué dirección me va a atacar Mount, pero el registro de las habitaciones no ofrece resultados.

Puede que me esté observando, pero no lo hace desde aquí dentro. Cuando dejo el bolso en la mesilla de noche, me acuerdo del juguete que hay dentro en vez de tenerlo dentro de mí, donde se supone que debía estar.

Tengo que tomar una decisión: «Obedecer o rebelarme.»

El consejo de Magnolia era no dejar que me avasallara. Ahora mismo, me duele horrores la mano y lo último que me apetece es tocar esa cosa. «A la mierda.» ¿Qué es lo peor que puede hacerme?

La verdad es que no quiero conocer la respuesta.

Aun así, de momento, solo me ha quitado la libertad, algo que me cabrea mucho, pero no me ha causado daño físico. Incluso he tenido un par de orgasmos.

A lo mejor puedo plantarle cara a Mount y salir ilesa.

No tardo mucho en darme cuenta de que no puedo estar más equivocada.

# 18

## Keira

Solo hay una prenda colgada en el enorme vestidor: un vestido negro de seda, con un pronunciado escote de pico que es imposible que me tape las tetas y dos rajas a ambos lados de la falda que suben hasta las caderas. Echo un vistazo para buscar la lencería a juego, pero no hay nada. Miro en todos los cajones del mueble central, pero están vacíos. Así que básicamente espera que parezca un zorrón elegante para cenar. Genial.

Algo dorado me llama la atención, algo que cuelga de la percha donde está el vestido. Una cadena de oro con un diminuto candado. ¿El símbolo de mi cautiverio? Como si necesitara el recordatorio...

Al coger el vestido de la percha, cae una nota al suelo y me agacho para cogerla.

*Cámbiate de inmediato.*
*No te saques el vibrador del coño.*

La arrogancia de su voz resuena en mi cabeza, como si acabara de oír las palabras que ha escrito.

«Que te jodan», es lo primero que se me ocurre después de leer la nota. Ahora mismo, me duele la mano y estoy un poco borracha, y no estoy dispuesta a obedecer ciegamente a Mount como hace todo el mundo. A lo mejor es el champán lo que otorga esta valentía; pero quiero pensar que no, porque tampoco estoy tan borracha. Si lo estuviera, no me dolería la mano.

Y no solo la mano. Porque cuando Temperance me ha contado lo que Brett intentó que hiciera, me ha dado un bajón.

Me escuecen los ojos por las lágrimas mientras me apoyo en la cajonera para sostenerme. Me tienta la idea de acurrucarme aquí en el vestidor y echarme a llorar. Pero me detiene una cosa. O, mejor dicho, me detiene un hombre.

—¿Eres incapaz de seguir una sola orden? Porque te creía más lista.

Levanto la cabeza y veo a Mount en la puerta del vestidor, después de haber hecho otra de sus silenciosas entradas.

—¿Cómo lo haces? Y ¿por qué? —Frustrada, resoplo—. ¿Sabes qué? No me contestes. Me da igual. Esta noche no estoy de humor para lidiar con tu chulería y tus chorradas. Me importa una mierda todo.

Su expresión se vuelve más malévola con cada palabra que sale de mis labios, lo que me indica que estoy adentrándome en terreno peligroso.

—¿Qué coño acabas de decirme?

Luchar o morir en el intento. ¿No es eso lo que he jurado hacer?

—He dicho que no estoy de humor.

Entra en el vestidor y cierra la puerta. No sé si es para hacer el numerito de aquí mando yo o qué, pero la estancia parece disminuir de tamaño al instante.

—Repítelo —me ordena.

Enderezo la espalda y enfrento su negra mirada.

—No estoy de humor para lidiar con otro gilipollas esta noche, joder. ¿Vale? —Levanto las manos como si ya no supiera qué hacer con él. Algo que es cierto.

La expresión de Mount pasa de la furia a la rabia en décimas de segundos y su voz se convierte en un susurro ronco:

—¿Quién coño te ha tocado? Rodarán cabezas y seré yo quien lleve el hacha.

Antes de saber lo que sucede y a la velocidad de la luz, extiende un brazo y me agarra la mano herida por la muñeca.

Ahora mismo, estoy intentando asimilar sus amenazas y sus movimientos; y desde luego que me arrepiento de haber bebido champán.

—¿Qué? Nadie. Bueno, nadie más que tú. Y supongo que Cicatriz cuando me lleva de un lado para otro como si fuera una inválida incapaz de andar.

—Entonces, ¿qué cojones es esto? —Me levanta la mano mientras mira la gasa y el esparadrapo.

—Nada —contesto con voz temblorosa, aunque estoy luchando contra el miedo.

Lo miro mientras él examina la evidencia de mis habilidades con el botiquín de primeros auxilios y, después, me mira a los ojos. De forma penetrante. Calculadora. Crítica.

Me suelta la muñeca tan rápido como la ha cogido.

—Inclínate hacia delante y enséñame el coño.

Me quedo boquiabierta por el brusco cambio de actitud.

—Ahora. —La palabra resuena en el vestidor.

En la vida me han dado una orden tan imperiosa y jamás me he arrepentido tanto de una decisión como de la que tomé hace un rato, cuando decidí no meterme el vibrador.

Decidida, trago saliva para controlar el miedo. Hace unos minutos, estaba dispuesta a aceptar mi castigo, y no me voy a acobardar ahora.

Me pongo de espaldas a él y me agacho al tiempo que me levanto la falda. Él tarda menos de un segundo en percatarse de lo que falta.

—Te he dado una puta orden, una sola, y tú ni siquiera eres capaz de seguirla. —Me baja la falda de un tirón—. Ponte derecha.

Lo hago y me doy media vuelta para mirarlo, porque no me fío de tenerlo a mi espalda.

—¡Siento mucho haberte jodido el plan de controlar mi vida por haberme cortado la mano mientras intentaba seguir tus órdenes!

Su expresión se vuelve inescrutable mientras me coge de nuevo por la muñeca y me extiende los dedos.

—Has dicho que no era nada.

—Para ti, no lo es. Algo grave sería una extremidad arrancada. ¿O una decapitación?

Tira de mí mientras abre la puerta del vestidor y me lleva al cuarto de baño. No me suelta mientras rebusca en los cajones.

—Suéltame. —Intento zafarme de su mano, pero es como si llevara un grillete.

—No hasta que compruebe que no me estás mintiendo.

Por fin encuentra unas tijeras de manicura con las que corta la gasa y el esparadrapo por el dorso de la mano. Después me quita la gasa y me pone la palma hacia arriba.

Lo veo respirar por la nariz mientras examina el corte y cuando esos ojos oscuros se clavan en los míos, no sé qué esperar de él.

—¿Cómo te lo has hecho? Y déjate de cuentos, Keira. Quiero la verdad.

Siento que la saliva se me acumula en la boca y trago antes de explicárselo.

—Tiré al suelo la botella de champán que mi asistente

trajo para celebrar el nuevo contrato y se rompió. Cuando me agaché para recogerla, me corté.

Afloja la fuerza con la que me sujeta la muñeca mientras me vuelve la mano a un lado y al otro para examinar mejor el corte a la luz.

—No necesita puntos.

Abro la boca para decirle que ya lo sé, pero la cierro cuando pasa la yema del pulgar en paralelo al corte, sin llegar a tocarlo.

—Pero te puede dejar cicatriz.

Siento su caricia como si fuera una llama que hubiera dejado un rastro abrasador a su paso. Curvo los dedos de forma instintiva, pero él evita que los cierre al cubrirlos con los suyos.

—No. Vas a reabrir la herida y empezará a sangrar otra vez. No la muevas.

Me suelta la muñeca, y estoy tan confundida que hasta lo obedezco. Veo que se agacha para sacar un botiquín de debajo del lavabo.

—Igualito que mi padre. Siempre preparado. —Las palabras salen de mi boca por su propia voluntad.

Mount se endereza despacio y esos ojos oscuros me atraviesan.

—No creas que me parezco en algo a tu padre. No podrías estar más equivocada.

Mientras saca algo del botiquín, replico sin pensar:

—Tienes razón. Mi padre es un buen hombre y, por lo que he visto hasta ahora, tú no tienes nada bueno.

—Por fin lo vas captando —dice él, con su característica sonrisilla.

Y, en ese momento, algo me quema de verdad e intento apartar la mano que él me ha vuelto a sujetar por la muñeca. No me suelta. En cambio, me abanica la herida con la mano libre.

—¿Qué me has hecho?

—Tranquila. Es apósito líquido. Es más efectivo en la palma de la mano que la cura que te has hecho con la gasa y el esparadrapo. Dejará de escocer dentro de nada. —Sigue abanicándome la herida para aliviar el dolor.

—¡Podrías haberme avisado! ¡Joder, eso escuece!

La expresión de Mount es impasible.

—Nunca le he dado a nadie tantas advertencias como a ti. Pero parece que no funcionan, porque eres la mujer más cabezona que he conocido en la vida. Y si crees que esto duele, es porque no sabes lo que es el dolor de verdad.

Me suelta la muñeca y devuelve el botiquín de primeros auxilios a su sitio mientras el dolor se me va pasando.

¿Le doy las gracias? Me lo estoy planteando cuando él se endereza y me siento diminuta a su lado, un detalle del que no me había percatado porque hasta ahora no habíamos estado tan cerca.

—Vístete. Vamos a cenar tarde por tu culpa. —Sale del cuarto de baño, pero se detiene en el dormitorio para añadir por encima del hombro a modo de despedida—: Y que no se te olvide el vibrador o lo interpretaré como una invitación para inclinarte sobre la mesa del comedor y follarte ese coñito tan prieto que tienes mientras sirven el primer plato.

# 19

## Keira

Me llevo una sorpresa cuando Mount me aparta la silla para ayudarme mientras me siento a la enorme mesa del comedor, que parece capaz de albergar a veinte personas. Él se sienta en la cabecera y yo estoy sentada a su izquierda.

No lo miro a los ojos mientras me siento, porque juro que es capaz de leerme el pensamiento.

Me avergüenza, pero las palabras que me ha dicho antes me han puesto tan cachonda que no he necesitado lubricante para meterme el vibrador donde me ordenó que lo metiera.

«¿Qué coño me pasa?»

Debería sentirme ofendida y asqueada. Debería estar gritando para que alguien me sacara de esta dichosa casa, que todavía no he conseguido ver porque Cicatriz me puso la capucha y me llevó en brazos al comedor. En cambio, no dejo de imaginarme que Mount me agarra del pelo y me sujeta con fuerza mientras me tumba sobre la mesa y me monta como sugiere su apellido.

Y repito: ¿qué coño me pasa?

Una cosa es comerle la cabeza a alguien y otra muy distinta lo que Mount me está haciendo. Creo que todavía no han inventado un nombre. Estoy segurísima de que no es el Síndrome de Estocolmo, porque desde luego que lo odio y que correría en la dirección opuesta en cuanto tuviera la oportunidad, si no hubiera una espada sobre las cabezas de mis amigos y de mi familia, más afilada que una guillotina. Luego están las dos partes enfrentadas en mi interior: la que desea lo que él amenaza con hacerme y la que se rebela contra cada palabra.

—¿Tengo que comprobar que lo has hecho? —me pregunta Mount con voz ronca al oído, al tiempo que suelta mi silla.

Antes de poder responder, el vibrador cobra vida en mi interior y doy un respingo, respondiéndole sin palabras.

—Eso pensaba.

Quiero borrarle la mueca ufana de una bofetada, pero soy incapaz de imaginar siquiera las consecuencias. Por suerte, el vibrador se para antes de que sirvan el primer plato. Cuando he terminado de comerme la sopa de ostras en silencio y se han llevado el plato, sé lo que tengo que hacer.

—Tenemos que hablar de las condiciones.

El eficiente personal nos trae la ensalada antes de que Mount replique:

—Las únicas condiciones que había que hablar eran las de tu sumisión voluntaria. Y accediste. Fin de la discusión.

Suelto el tenedor, que tintinea contra el delicado plato de porcelana. Estoy demasiado cabreada para preguntarme cómo es posible que un hombre tan brutal como Mount se rodee de cosas tan delicadas.

—No, así no funcionan las negociaciones.

Arquea una ceja oscura al oírme, y me veo obligada a preguntarme si es algo de lo que son capaces los hombres más arrogantes para usarlo precisamente en estas circunstancias.

—Además, esta conversación está a punto de dar por finalizado nuestro trato. Necesito saber exactamente cuánto tiempo me vas a mantener aquí, porque me estás jodiendo la vida y el negocio.

La sonrisa torcida que aparece en sus labios es una que empiezo a reconocer, y una que nunca me augura nada bueno.

—¿Tan ansiosa estás por saldar la deuda que tienes conmigo y librarte de mí?

—Desde luego. —Pronuncio las palabras como si las escupiera, como si fueran algo asqueroso.

Mount, vestido con un traje que le sienta como un guante, como siempre, apoya los brazos en la mesa y se inclina hacia delante.

—No hay manera de finalizar nuestro acuerdo hasta que haya terminado contigo.

La rabia, mi constante compañera, crece en mi interior.

—¿Y cuándo será eso? —Intento mantener la voz lo más calmada que puedo.

La sonrisa torcida se vuelve todavía más burlona, echándole más leña al fuego.

—Me aseguraré de mandarte una notificación por escrito.

Si las miradas matasen, Mount estaría calcinado en este preciso momento.

—Y una mierda —replico, echándole valor.

La sonrisa burlona desaparece por completo. ¿He traspasado la línea?

—No, la mierda es que voy a cobrarme en placer y todavía no me has proporcionado nada, joder.

Aparta la silla de la mesa, haciendo que los platos se sacudan y que el agua se derrame de nuestras copas de cristal.

—Tienes la mano herida, pero la boca te funciona de puta madre. —Se mira la bragueta—. De rodillas.

Me arden los pulmones por la rabia, porque me imagino

a Brett sentado tras su escritorio, ordenándole a Temperance que se la chupara para conseguir un aumento de sueldo.

Son todos iguales.

—Que te den por culo, Mount. No pienso ponerme de rodillas para chupártela. —Lo digo completamente en serio, aunque tal vez sea lo más peligroso que he hecho en la vida.

Aparece un tic nervioso en su mentón y resopla por la nariz. Un criado entra, sin duda para comprobar si estamos listos para el siguiente plato.

—Fuera de aquí, joder.

Su orden me provoca una descarga de adrenalina, porque no aparta la vista de mí. Me alejo de la mesa, preparada para salir corriendo.

Creía que era de las que se quedaban a plantar cara, pero al final resulta que soy de las que salen por patas.

El criado desaparece y cierra la puerta con fuerza al salir, pero ni siquiera he conseguido levantarme del todo de la silla antes de que Mount golpee la mesa con la palma de la mano, sacudiendo los platos.

—Tú no. Tú no vas a salir de aquí hasta que consiga lo que quiero. Hiciste el trato y vas a cumplirlo. De buena gana.

—Te odio. —La verdad vibra en esas palabras.

—En ese caso, supongo que, hasta que acabe contigo, vamos a follar mucho mientras me odias.

El vibrador cobra vida al máximo. Se sacude dentro de mí, añadiendo el deseo a la vorágine de emociones que se debaten en mi interior, aplastando cualquier otra cosa.

—¿Cuánto tiempo lo dejo vibrar hasta pararlo y cortarte el rollo? —Es una pregunta retórica y, además, soy incapaz de contestar—. ¿Las mismas veces que me has negado acceso a tu dulce coñito? ¿O hasta que me supliques que te deje correrte?

Me aferro al mantel de encaje y lino mientras intento conservar el último resquicio de cordura.

¿Cómo puedo desear a este hombre? Lo odio.

Pero nunca he ansiado algo con tantas ganas.

Cambia la intensidad de la vibración una y otra vez, llevándome al borde del abismo y deteniéndose justo antes de que me corra. Estoy a punto de gritar por la frustración, porque es cuestión de segundos que me rinda, y me niego a que consiga postrarme de rodillas, literal o figuradamente.

—Fóllame de una vez y deja que me corra, ¡hijo de puta sádico! —La voz chillona resuena en el comedor y casi no la reconozco como propia.

—Por fin, joder —replica él, y estoy tan de vuelta ya de todo que me da igual la nota triunfal de su voz. Mount arranca el mantel de un tirón, tirando al suelo los platos y las copas.

Extiende los brazos hacia mí justo cuando yo me abalanzo sobre él. Me pone las manos en la cintura, pegándome a su cuerpo antes de levantarme y subirme a la mesa, entre sus piernas separadas.

No se molesta en abrir el vestido por una de las rajas laterales. Desgarra la delicada seda por el centro, empezando desde el pronunciado escote de pico, hasta que cae al suelo, hecho trizas. Sus enormes manos me rodean el cuello y me echa hacia atrás hasta que toco la madera con la espalda.

—Me llevas al límite más que ninguna otra mujer, y ahora voy a follarte como tengo pensado hacerlo desde el primer día. Como llevas deseando que te follen toda la vida.

—Cabrón arrogante —digo en voz baja, casi un hilo de voz porque me tiene sujeta por el cuello, aunque no me está cortando la respiración ni mucho menos.

—Soy implacable, no arrogante, y ahora mismo vas a descubrir la diferencia.

Me aparta una mano del cuello para quitarse la chaqueta del traje y luego me saca el vibrador. Lo sostiene en alto, una vez más, como si lo fascinara porque está chorreando con mi flujo.

—Esto te encanta. No solo lo deseas, es que lo necesitas. Y soy el único hombre que te lo va a dar.

Se baja la cremallera de los pantalones y el botón de la pretina sale volando. No consigo verle la polla antes de que me la meta de golpe hasta el fondo.

—Más. —Es imposible que la súplica haya brotado de mis labios. Nunca suplicaría de esa forma.

Solo soy consciente del deseo que se apodera de mí por completo mientras me penetra de tal forma que el placer se confunde con el dolor, hasta que me lanza al abismo. Mis músculos internos se tensan y, en un abrir y cerrar de ojos, ya no estoy tendida de espaldas sobre la mesa, sino que lo abrazo y le estoy arrancando la camisa de la misma manera que él me ha arrancado el vestido. Se me olvida que tengo la mano herida cuando le clavo las uñas en los hombros y lo araño como un animal salvaje en celo mientras el orgasmo me abruma con una ferocidad que no he experimentado jamás.

Mount gruñe cuando me pone las manos en el culo y me aferra con fuerza para levantarme de la mesa y penetrarme una y otra vez. Ni sé si le estoy dejando marcas ni me importa, pero ni de coña pienso suplicarle más, mucho menos que me deje correrme. Le muerdo el duro músculo del hombro en un intento por ahogar mis gritos.

No lo consigo, pero es imposible que Mount sea capaz de oírme por encima del rugido que suelta cuando se corre dentro de mí.

En cuanto mi cabeza es capaz de pensar con normalidad, se me ocurre una sola cosa...

«Me cago en la puta, no hemos usado condón.»

# 20

## Mount

El fuego de esta mujer no tiene igual. Solo requiere la yesca y la chispa apropiadas. Por suerte para mí, aprendí lo básico a una edad temprana: pedernal, acero y papel robados del contenedor de la basura del carnicero. Bastaba para mantenerme calentito durante las pocas noches en las que la temperatura bajaba tanto como para congelar la ciudad.

De haber tenido a Keira Kilgore en aquel entonces, no me habría hecho falta, porque juntos podríamos haber reducido la ciudad a cenizas.

¿Sabes lo que pasa cuando le echas gasolina a una hoguera? Que provocas un infierno, y eso es lo que ha pasado esta noche.

Al menos hasta que se la saqué y mi semen goteó entre sus piernas.

Joder.

Nunca me he corrido sin condón, ni siquiera cuando tenía que robarlos, porque no quería tener que elegir entre el sexo y la comida.

Keira me mira como si acabara de dejar la semilla del diablo en su interior, y tal vez no esté tan equivocada.

—¿Cómo se te ocurre? ¿Por qué no has usado condón? ¿Me va a echar el muerto a mí? Está claro que sí porque, cuando el demonio está presente, ¿quién más va a tener la culpa?

—Pensaba meterte la polla hasta la garganta y obligarte a tragar hasta la última gota, pero me has jodido los planes.

La boca en cuestión, la que todavía no se ha acercado a mi polla, se abre por la sorpresa.

—¿Estás diciendo que yo tengo la culpa? —Se señala y niega con la cabeza—. Qué gilipollas eres.

Ninguna otra mujer se atreve a insultarme de esta manera, pero me hace gracia, aunque no sé por qué. Casi siempre, ojo.

—Bueno, por lo menos soy un gilipollas que siempre se ha puesto condón. No voy a pegarte nada. Puedes confiar en mí.

—¿Que confíe en ti? ¡Jamás!

Mi mal genio estalla. Acabo de correrme como nunca lo había hecho en la vida, con la mujer que más me ha hecho esperar, y ni siquiera he podido disfrutar de un par de segundos después del orgasmo, porque a ella se le ha ido la pinza por lo del condón.

De repente, caigo en la cuenta de algo. La verdad, yo podría haber manejado mejor el asunto, pero esta mujer me lleva al límite.

—Me preocupa más lo que tú me puedas pegar. El cerdo de tu marido se tiraba a todo lo que se meneara.

La oigo jadear como si tuviera un cabreo monumental, y teniendo en cuenta su carácter, es más que probable. Sobre todo, porque no es capaz ni de hablar.

—Al menos dime que estás tomando la píldora. Tener un puto niño no entra en mis planes. —Nunca he cometido un error tan arriesgado. Un niño sería la mayor debilidad de todas.

Al final, Keira se recupera lo suficiente como para hablar.

—Menos mal que llevo el DIU, así que no tenemos que preocuparnos por eso.

Su forma de decirlo me cabrea hasta el punto de enfriarme de golpe. Si la atacara ahora, nunca se recuperaría. Así que, como el diablo disfrazado de caballero, cojo mi chaqueta del respaldo de la silla y se la echo encima.

—Tápate. Nadie más que yo puede ver esas tetas, ese culo y ese coño.

Sus ojos verdes relucen como dos esmeraldas. Se cubre con la chaqueta y endereza la espalda gracias a ese orgullo férreo que tiene.

—Vete a tomar por culo, Mount. Porque es la única manera de que vuelvas a correrte mientras dure este trato.

A estas alturas, estoy tan cabreado que ya hasta me dan ganas de soltar una carcajada, pero no lo hago. Ella sale del comedor cubierta con mi chaqueta como si fuera un saco, y sin nada más. V estará justo detrás de la puerta, listo para acompañarla de vuelta a su dormitorio, así que no me preocupa.

No, lo único que me preocupa es lo equivocada que está y la manera de volver a disfrutar de ese coño. No hay alternativa y su avenencia no es negociable. No la quiero a la fuerza.

Cuando entro en la lujosa ducha de mi cuarto de baño media hora después, el único pensamiento que me ronda la mente es lo mucho que voy a disfrutar cuando consiga lo que quiero. Otra vez. Y otra. Keira puede engañarse todo lo que quiera, pero yo tengo clara la verdad.

—Joder —digo cuando me pongo debajo del chorro de agua y me cae sobre la dentellada que me ha dejado en un hombro y sobre los arañazos de la espalda que me ha hecho mi fierecilla irlandesa, y eso que tiene una mano herida.

Ha estado increíble. No, no en pasado. En presente. Porque es increíble. Incluso cuando se marchó vestida solo con mi chaqueta, lo hizo con la cabeza bien alta. La mayoría de los hombres no me mira a la cara, pero esta mujer no tiene miedo de declararme la guerra.

Si cree que insultándome va a conseguir que la deje marchar, está loca. Me divierte. Me desafía. Y, joder, me cabrea tanto que me dan ganas de follármela para someterla. Algo que necesita, por su bien y el mío, aunque ella todavía no lo sepa.

Rememoro la escena de esta noche, desde el momento en el que entró en el comedor con el vestido. Con esas tetas tan increíbles bien a la vista como yo las quería y enseñando las piernas con cada paso, gracias a las rajas laterales.

Me cojo la polla mientras la imagino caminando hacia mí como una reina que se hubiera dignado concederle audiencia a un peón.

Me llama arrogante, pero cada vez que levanta esa barbilla tan altiva que tiene me dan ganas de ponérmela en el regazo y darle unos azotes en el culo, lo que hace que se me ponga todavía más dura.

«Que te den por culo, Mount. No pienso ponerme de rodillas para chupártela.»

Ah, pero sí que lo vas a hacer, Keira. Ya verás. Y ya me encargaré yo de que te lo pases de puta madre.

Apoyo una mano en la pared de piedra de la ducha y con la otra empiezo a acariciarme la polla con fuerza mientras me imagino esos labios rojos de rictus enfadado haciendo un puchero después de habérmela tirado tantas veces que tiene que suplicarme que pare, porque no puede más, y me promete que hará cualquiera cosa para conseguirlo. Y, en ese momento, será cuando me haga la mamada.

Noto la tensión en las pelotas cuando me lo imagino y me la casco con más fuerza.

Joder, ni siquiera la necesito de rodillas. Puede tumbarse boca arriba en la cama con esa melena pelirroja cayendo por el borde del colchón mientras yo se la meto en la boca y la enseño a aceptarla hasta la garganta sin que se ahogue.

Siento que el orgasmo se acerca antes de lo que esperaba, teniendo en cuenta que acabo de correrme. Pero no soy yo. Es la imagen que veo en mi mente. Keira gimiendo mientras me la chupa y me la lame cada vez que se la saco de la boca hasta que me corro y veo cómo el semen le chorrea por esos labios obstinados.

Mía.

Mientras me corro contra la pared de piedra de la ducha, me juro que esta será la última vez. No volverá a decirme que no.

Esta noche me ha dejado marcado, pero yo la marqué antes.

Keira Kilgore necesita otra lección para aprender lo que significa que Lachlan Mount sea su dueño.

# 21

## Keira

Cuando me despierto a la mañana siguiente, me incorporo de un salto en la cama, moviendo la cabeza de un lado a otro. Siempre me pasa lo mismo cada vez que me despierto en esta habitación a oscuras. Nunca sé si voy a estar sola ni quién ha estado aquí durante la noche. A juzgar por la chimenea que se giraba en la biblioteca, que vi la noche que me trajeron ante Mount, sé que este sitio está lleno de pasadizos secretos y de entradas ocultas. Suponiendo, por supuesto, que la habitación en la que me retienen esté siquiera en el mismo edificio que la biblioteca. La verdad, no tengo ni puñetera idea de dónde estoy.

Esta mañana no veo a nadie, y es un alivio. Bajo las piernas al suelo, sacándolas de debajo de la ropa de cama. Unos músculos cuya existencia desconocía protestan. Intento concentrarme en la mano dolorida, pero fracaso estrepitosamente porque solo soy capaz de percibir el escozor que tengo entre las piernas. Todavía lo siento metiéndomela.

Solo he tenido un encuentro sexual que se acerque, aunque sea un poquito, a lo de anoche, y fue la primera vez que Brett y yo lo hicimos. Nunca volvió a ser tan bueno. Seguramente porque me casé con él a las veinticuatro horas de aquello y pensó que ya no tenía que esforzarse.

Destierro ese pensamiento, pero el siguiente que se me viene a la cabeza no me hace sentir mucho mejor.

No sé cómo sucedió lo de anoche. Mientras entro a trompicones en el enorme cuarto de baño, me siento conquistada. Poseída. Usada. Pero no en el mal sentido. O tal vez no en el mal sentido que me esperaba.

Me dirijo a la ducha y meto la mano para abrir el grifo del agua caliente. Anoche me pasé media hora aquí, decidida a borrar sus caricias de mi piel, pero no sirvió de nada.

Aún lo siento en cada centímetro del cuerpo.

Mientras espero a que salga el agua caliente, me cepillo el pelo enredado. Empiezo a acostumbrarme a mi desnudez, algo con lo que nunca me he sentido cómoda. Supongo que porque no tengo ropa y, por tanto, tampoco tengo alternativa.

Lo pongo en la lista de pendientes para hoy. Esta chorrada de un conjunto para cada día se tiene que acabar.

Cuando dejo el cepillo en la encimera del lavabo, veo algo en el espejo. Tengo marcas en la cadera. Y en los costados, a la altura de los glúteos.

Me giro y vuelvo la cabeza para mirar por encima del hombro y la veo.

Bueno, las veo, en plural. Pequeñas marcas con la forma de unos dedos. Ese capullo me ha marcado. Espero que la rabia me haga arder el estómago, y lo hace, justo a tiempo. Lo pongo de vuelta y media en silencio mientras me meto en la ducha.

No puedo borrar esas marcas, como tampoco puedo parar el tropel de recuerdos.

Detesto que me golpeen tal como hace el chorro de agua caliente.

La rabia desaparece, sustituida por la vergüenza, al darme cuenta de que no puedo cabrearme por esas marcas, porque no puedo decir, de ninguna de las maneras, que anoche no participara por propia voluntad. Lo animé mientras me cogía de las caderas y me follaba con más ganas.

Ese capullo ha conseguido lo que quería.

Me manipuló. Me comió la cabeza. Pero, al final, no cabe la menor duda de que le supliqué que me follara.

La vergüenza me quema la cara en dos regueros que me niego a admitir que son lágrimas. Cada vez se me da mejor mentirme a mí misma.

Golpeo la pared de la ducha con ambas manos y luego agacho la cabeza, dejando que el agua caiga sobre mí. «Purifícame. Absuélveme de los pecados que he cometido.»

Tras un buen rato, suelto un último sollozo y me enderezo mientras el mantra para este nuevo día me golpea con la misma intensidad que siento entre las piernas.

«Lachlan Mount no me destruirá. Puede que me folle. Puede que me coma la cabeza. Pero nunca me destruirá.»

Me seco las lágrimas con el dorso de las manos y me juro que nunca más conseguirá hacerme llorar. No merece la pena. Lo odio.

La intensidad de mis emociones no ha menguado. De hecho, se intensifican cada vez que mi cuerpo me traiciona. Es humillante que sienta tanto placer con lo que él me hace. Estoy segura de que se lo está pasando en grande.

Tener una voluntad de hierro no me ayudará con Mount. Necesito que sea de titanio reforzado.

La única persona que puede decidir quién y qué me humilla soy yo, y no volveré a darle semejante poder.

«Que lo folle un pez.»

Aunque sé que seré yo quien se lo folle, por más que mi cabeza quiera negarlo.

Magnolia dijo que no había nada de malo en disfrutar, pero ella nunca ha tenido que lidiar con Mount. ¿O sí?

Recuerdo que tengo el bolso en el dormitorio. Cicatriz no me lo quitó anoche, pero estaba demasiado furiosa como para usar el móvil.

Lo primero que voy a hacer nada más salir de la ducha es mandarle un mensaje a Magnolia. Puede que no se levante antes del mediodía, pero un almuerzo tardío con ella es algo primordial. Tengo que saber si ha conseguido descubrir algo desde que comenzó todo este follón.

Necesito más munición contra Mount si voy a ganar esta batalla, además de algún tipo de protección contra él. Magnolia me dijo que no permitiera que me comiera la cabeza, y mi fracaso en ese frente es tan espectacular como el de Estados Unidos en su guerra contra las drogas.

Magnolia me ayudará. Podrá ofrecerme alguna perla de sabiduría. Cuando menos, hablar con ella será como recuperar otro trocito de normalidad.

Cierro el grifo un cuarto de hora después y me envuelvo en una de las esponjosas toallas que hay en el calentador, tras lo cual me la sujeto a la altura del pecho, pero me quedo paralizada por completo al hacer ademán de coger una segunda toalla para secarme el pelo.

Ya no estoy sola.

Mount está apoyado con pose indolente en la jamba de la puerta que conduce al dormitorio.

Mi primera impresión es de absoluta invasión de la intimidad.

—¿Ya ni siquiera puedo ducharme tranquila?

—Tienes lo que yo te dé. Ni más ni menos.

Obligo a mi cuerpo a salir de la parálisis y a coger la segunda toalla como si no pasara nada fuera de lo normal, y me envuelvo el pelo con ella como si fuera un turbante.

—¿Te importa dejarte de topicazos? Es un poco temprano para esas chorradas.

Me vuelvo hacia el espejo, con la intención de desentenderme de su presencia, pero no lo consigo. Con el rabillo del ojo creo ver que contiene una sonrisilla.

—¿Qué pasa? ¿No vas a añadir que no hay nada que no hayas visto ya? ¿Que no soy tan especial? —No sé por qué lo estoy pinchando. Seguramente porque me vuelve loca de remate.

Clavo la vista en el espejo, fingiendo que me estoy mirando los poros, al tiempo que hago ademán de coger uno de los carísimos cosméticos que ha puesto a mi disposición, pero no atino con la mano, porque me distrae demasiado su cara y la miríada de expresiones que veo en ella. Cambian demasiado deprisa para fijar una, y deseo poder leerle la mente con la misma facilidad con la que él parece leer la mía.

—Había demasiado vapor para ver a través de la mampara. No sabía si ibas a salir de una vez de la dichosa ducha. ¿Sigues sintiéndome?

Uno de los botes sale volando cuando me doy la vuelta.

—Vete a cascártela.

En esta ocasión, la sonrisa que esboza es cruel y amenazadora.

—Ya lo hice anoche en mi ducha y no pienso hacerlo de nuevo, joder, porque te tengo aquí para cubrir todas mis necesidades.

Me imagino perfectamente cómo le habría escupido a la cara y cómo lo habría atacado si llega a reclamarme anoche, después del último enfrentamiento, para que le hiciera una paja en la ducha.

—Sigue soñando.

Su sonrisa cambia, mostrándome los dientes.

—Date prisa. Tienes una reunión con tu banco esta mañana, para discutir sobre lo cerca que estás de incumplir las condiciones de tu préstamo y la posibilidad de que tu expediente pase al departamento de refinanciación que administra las inversiones peligrosas del banco.

Me quedo boquiabierta.

—¿Cómo lo sabes?

Resopla.

—Me ofende muchísimo que pienses que no estoy al tanto.

—¿Qué hora es? —Echo un vistazo a mi alrededor, una tontería, porque no hay un solo reloj en esta dichosa celda. Es como estar en un casino, pero sin toda la diversión y con muchísimo más riesgo.

—Tienes menos de una hora para llegar a tiempo. Así que te sugiero que te des prisa.

—Mierda. —Suelto el taco y, sí, sé que no queda bonito en una mujer, pero me he criado rodeada de hombres en una destilería—. Pues lárgate de una puta vez para que pueda arreglarme.

Me espero otra mirada furiosa o una sonrisa ufana antes de que me diga que no tiene que hacer nada que no quiera; pero, en cambio, se aparta de la jamba de la puerta y se interna en el dormitorio.

Una sorpresa tremenda, la verdad. Y más peligrosa de lo que me atrevo a admitir.

Me arreglo a toda prisa, intentando asegurarme de que tengo el aspecto más profesional posible antes de correr al vestidor y, cómo no, encontrarme un solo conjunto esperándome.

En esta ocasión, es un vestido cruzado de seda, de color negro. El mismo color del traje de sastre de Mount. «Aunque no me he fijado en ese detalle, claro.»

Y, ¡milagro!, hay un tanga a juego y un sujetador muy bajo por delante, perfecto para el escote del vestido. La misma cadena dorada con el candado cuelga de la percha de la noche anterior.

Paso de ella. Anoche no se dio cuenta de que no la llevaba puesta, así que a lo mejor tampoco se da cuenta esta mañana. No ponérmela tal vez sea infantil, pero si me ayuda a mantener un mínimo de control, lo haré.

Me pongo los caros zapatos de tacón con borde dorado en las suelas y en los tacones, y entro en el dormitorio, esperando encontrarme a Mount tumbado en la cama. Pero no lo veo. Lo encuentro en el salón, repantigado en una silla junto a la mesa donde estaban las bandejas cubiertas ayer por la mañana. No hay ni rastro de ellas hoy.

—Mierda, la gabardina. —Me doy la vuelta para cogerla a toda prisa y luego salgo disparada hasta la puerta que conduce fuera de mi celda.

—¿No se te olvida un complemento? —me pregunta Mount.

«El puto colgante.» Claro que tenía que convertirlo en un problema.

—Vale.

Me doy media vuelta, cabreada por ceder, aunque me digo que solo lo hago porque no puedo llegar tarde a la reunión. No es una opción.

Mount tenía razón. Los del banco están cabreados porque solo pagamos la cuota mínima de la línea de crédito que tenemos abierta, aunque seguimos cogiendo dinero prestado. Hoy tengo la oportunidad de convencerlo de que el cheque que vamos a recibir de los Voodoo Kings reducirá drásticamente la deuda de Seven Sinners e impedirá que la empresa sea considerada como «en riesgo». Lo último que quiero es que nuestro préstamo acabe en las manos de un administrativo que refinancie la deuda y seguramente se limite a decirme que tengo que liquidar la empresa, pagar la deuda con el banco y olvidarme de todo. Ya he vendido mi cuerpo al diablo para salvar Seven Sinners y ahora tal vez tenga que ofrecerle mi alma al banco para continuar en el negocio.

Cojo la cadena y me doy cuenta de que el candado no solo es un adorno, sino que mantiene unidos los dos extremos.

Como un puto collar de perro.

«Esto tiene que ser una coña.» Quiero rebelarme contra esto más que contra cualquier otra cosa, pero no tengo tiempo. Tampoco tengo la llave. Pero sé perfectamente quién la tiene.

Entro en el salón y sostengo la cadena en alto.

—No puedo ponérmela. Necesita una llave.

Mount mete la mano bajo la chaqueta para sacar una llavecita de oro del bolsillo interior y le doy la cadena.

—Estás muy dócil esta mañana, pese a la rebeldía de antes.

—Porque no puedo perder tiempo contigo. Tengo cosas más importantes de las que preocuparme.

Mount me mira con expresión guasona.

—No tienes ni idea de lo equivocada que estás. Tienes que aprender quiénes son tus verdaderos adversarios, niña.

—No me llames así.

—Te llamo como me da la puta gana. —Abre el candado—. Date la vuelta.

Obedezco, dándole la espalda, y, aunque sea una idiotez, no me da miedo lo que pueda hacerme. Debería dármelo. Tiene que dármelo. Pero el miedo sería abrumador, mucho más que el hombre en sí, y mi negativa a dejarme avasallar sigue en pie.

Los dedos de Mount, ardientes contra mi piel, me recorren las clavículas hasta que la cadena queda a pocos centímetros de mi garganta. El chasquido es casi inaudible cuando cierra el candado, pero sus caricias me agudizan los sentidos cuando le da la vuelta a la cadena para que el candado cuelgue por delante.

—No intentes quitártelo sin la llave. No se romperá.

La lengua me arde por el deseo de replicarle como se merece, pero no tengo tiempo.

—Vale. Lo que tú digas. Bueno, ¿dónde está Cicatriz y la capucha para que pueda irme al trabajo?

Otra sonrisa aparece en los labios de Mount.

—Se te olvida el complemento final.

«Me cago en la puta.» Si se refiere al vibrador, puede que lo mate, claro que el tiempo es oro ahora mismo.

—¿Dónde está? —Se lo pregunto con voz seca siendo benévola y con voz arisca en el peor de los casos.

Mount esboza una sonrisa indolente al tiempo que me ofrece otra caja negra, pero esta parece distinta a la de ayer. Me estremezco cuando levanta la tapa y revela lo que contiene.

«Ah, no, ni de coña.»

Hay cosas que me niego a hacer. Puede que no sea una chica buena, como la perfecta Imogen, pero tampoco soy una chica mala como Jury. Y nunca, jamás, abriré la puerta trasera para que vea acción.

—No. —Mi negativa es tajante mientras miro fijamente el dilatador anal negro y dorado que descansa sobre una capa de terciopelo negro.

Mount sujeta la caja con más fuerza.

—Vas a tener que eliminar esa palabra de tu vocabulario en lo que a mí respecta. Te ahorrarás muchos problemas.

—Ni de coña —insisto con énfasis—. No me voy a meter esa cosa.

Los ojos oscuros de Mount se clavan en los míos.

—¿No me entendiste cuando te dije que usaría tus manos, tu boca, tus tetas, tu coño y tu culo? Porque no es negociable. Accediste. Por voluntad propia.

Me trago otra réplica mordaz. Mi culo es virgen y quería que siguiera siéndolo hasta que lo llevaran al panteón familiar.

—Tictac. El tiempo corre, Keira. ¿Quieres llegar a la reunión o saltártela? Porque sé sin temor a equivocarme que Lloyd Bunt no va a darte la oportunidad de cambiar la cita de día antes de que le pase tu expediente al departamento de refinanciación. Y, entonces, tendrás que dejarme que mancille tu inmaculado cuerpo, y de todas formas va a ir al mismo sitio.

—Te odio con todas mis fuerzas. —Las palabras me salen del tirón.

—Me da igual —me replica, sin perder la sonrisa, pero algo relampaguea en sus ojos una vez más—. Dijiste que no te pondrías de rodillas para que te follara la boca y ya te la he metido en el coño. Tus tetas no me llaman hoy, así que eso me deja una sola opción. No me digas que nunca te la han metido por el culo. A juzgar por el miedo que veo en tus ojos y por cómo te late el pulso en la garganta, diría que no.

Meneo la cabeza. Me niego a que me haga sentir que me pasa algo malo por no haber probado el sexo anal.

—Y hoy tampoco voy a hacerlo.

—De forma voluntaria —repite, y quiero retirar la promesa que hice.

Mount cierra la caja y me la da de malos modos. Cierro las manos en torno a la caja de forma instintiva y luego me aparto de él.

—Mi polla no entrará en ese culito prieto con el palo que ya tienes metido, así que será mejor que lo ensanchemos un poco. —Señala hacia el cuarto de baño con la cabeza—. El lubricante está en el último cajón. Te aconsejo que seas generosa. Y no vas a salir de aquí sin el dilatador en el culo, así que mejor que te des prisa si quieres llegar a tiempo a la reunión.

Rabia. La que parece mi constante compañera cobra vida de nuevo mientras me alejo, caminando de espaldas, del hombre al que podría dispararle de buena gana, sobre todo ahora mismo. Nadie lo echaría de menos. Nueva Orleans se alegraría de su muerte. O eso supongo.

Ando con paso firme y sin perder la mirada desafiante hasta que mis tacones resuenan en el mármol del cuarto de baño y cierro de un portazo al entrar.

Apoyo la frente en la puerta unos segundos y miro la caja negra que tengo en las manos, y, de repente, es como si tuviera visión de rayos X y pudiera ver lo que hay dentro.

Cuando me miro en el espejo, mi cara es la viva imagen de la indignación y el espanto. Que viene a describir a la perfección cómo me siento.

«No puedo hacerlo.» La mujer del espejo está segura al cien por cien de eso. La voz que le da vida a mi rabia se lo discute. «Claro que puedes. Es un dilatador anal, no una jeringuilla de heroína. Déjate de gilipolleces y coge el lubricante para que puedas ir a esa reunión con el banco y comportarte como la directora general de una empresa que eres.»

Me agacho, abro el último cajón de golpe y encuentro el lubricante justo donde él ha dicho que iba a estar. «Cabronazo.» El insulto comienza a ser repetitivo, incluso para mí. Tengo que inventarme algo nuevo que exprese este nivel de furia.

Abro la caja y saco el dilatador, lo sujeto con una mano mientras sostengo el bote de lubricante con la otra.

«Solo tengo que impregnarlo bien y metérmelo. Puedo hacerlo.»

Se me cierra el culo con fuerza, mandándome una clara señal de «Ni de coña».

Pero si falto a esta reunión y la deuda de Seven Sinners acaba en el departamento de refinanciación, mi padre se enterará y... No quiero ni imaginarme el resultado.

Abro el bote de lubricante y cubro un poco el dilatador negro y dorado. No hace falta ser un genio para darse cuenta de cómo funciona, y estoy segura de que Magnolia me regaló un juego de iniciación anal como broma que no era una broma en realidad.

Sujeto la base del dilatador lleno de lubricante con una mano mientras con la otra me bajo el tanga, me miro al espejo y me doy ánimos.

«Mételo sin más.» Cierro los ojos con fuerza y aparto con torpeza el vestido, deseando habérmelo quitado. Pego la punta del dilatador a la zona que me juré que se quedaría virgen e intento metérmelo, pero soy incapaz.

«No puedo.»

Con un grito asqueado, tiro el dilatador en el lavabo y me pongo bien el tanga antes de aferrarme con las manos al borde de la encimera.

Qué cobarde soy. Debería haber usado ese juego de iniciación anal.

Alguien llama a la puerta.

—Te aviso de que te quedan veinte minutos. Con el tráfico que hay, podrías llegar si te das prisa.

Me doy media vuelta echando chispas por los ojos, deseando una vez más que las miradas matasen. Me abalanzo sobre la puerta y la abro de un tirón, sorprendiendo a Mount. Se apoya en la jamba y me mira con esa ceja arqueada tan arrogante. Me observa un momento.

—Date la vuelta e inclínate.

—No.

Su expresión se vuelve amenazadora, pero también veo un brillo de interés en sus ojos.

—Qué manía tienes con esa palabra. ¿De verdad estás desobedeciéndome?

Trago saliva, porque ni de coña quiero confesarle que soy incapaz de hacerlo. Detesto esta debilidad mía tanto como lo odio a él. Pero el tiempo corre y no puedo permitirme que el orgullo interfiera en salvar el legado familiar. Ya he sacrificado demasiadas cosas.

—No voy a hacerlo.

Me mira a la cara con los ojos entrecerrados, y me lee el pensamiento con demasiada facilidad... otra vez.

—Ah, sí que lo vas a hacer, pero no te refieres a eso. No vas a cometer el error de saltarte esta reunión. Así que es una cuestión de que no puedes o no quieres. ¿Qué pasa, Keira? ¿Estás siendo terca o es cosa de timidez? —Le relampaguean los ojos como si ambas opciones lo excitaran.

—¿Importa acaso?

—Más de lo que te imaginas.

Al ver que titubeo a la hora de responder, se mira el reloj y me recuerda que tengo que salir pitando de aquí lo antes posible. Es lo único que necesito para impulsarme a contestar con sinceridad.

—No puedo.

La expresión amenazadora de su cara desaparece y sus ojos relampaguean por el deseo.

—Pídemelo.

No le hace falta explicarse, porque sé muy bien lo que quiere. Cualquier otro día, le habría dicho que lo follara un pez, pero hoy no puedo permitirme ese lujo.

—Necesito ayuda. —Pronuncio las palabras con el mismo ánimo con el que confesaría un asesinato. Bueno, el asesinato de cualquiera que no fuera él.

—¿Con qué necesitas ayuda, Keira?

«Cabrón de mierda.»

—Te odio.

—Me cuesta olvidarlo cuando me lo repites a todas horas. Y, la verdad, empiezo a hartarme de oírlo. Ahora, pídeme de una puta vez lo que necesitas exactamente.

Señalo el lavabo con un gesto de la cabeza.

—Ayúdame a meterme este chisme.

—¿Que te ayude a meterte el dilatador anal en ese culito prieto para que te lo ensanche y luego pueda follártelo hasta que te corras con más fuerza de la que creías que era posible correrse?

Aprieto los dientes y, por primera vez en la vida, me pica un poco la curiosidad por saber si lo que dice es verdad. Magnolia me aseguró que me estaba perdiendo algo genial, de ahí el juego de iniciación anal.

«Otra vez me está comiendo la cabeza.» De eso se trata.

Aplasto la curiosidad que siento antes de mascullar:

—Sí.

La sonrisa ufana aparece como de costumbre antes de que se acerque al lavabo.

—Al menos, no puedo decir que no lo has intentado.

Se inclina para abrir el último cajón, donde estaba el lubricante, y saca un aerosol y un paño pulcramente doblado, que deja junto al lavabo.

—Límpialo. Lleva el dilatador y el lubricante al salón.

Soy incapaz de enfrentar mi mirada en el espejo mientras lavo el dilatador y luego uso el aerosol desinfectante antes de secarlo. No sé si es porque soy incapaz de enfrentarme a la vergüenza que siento o porque temo ver un atisbo de excitación.

No cabe la menor duda de que las órdenes de Mount me afectan como si fuera magia negra. Mis endurecidos pezones, que se marcan a través del vestido, y la humedad que me moja el tanga son prueba de ello.

De todas formas, atravieso el dormitorio con el dilatador

y el lubricante en las manos y salgo al salón como si fuera un reo a punto de subir al cadalso. Mount está sentado en la misma silla de antes, pero la ha alejado más de la mesa.

Cruzo la mullida alfombra y empiezan a sudarme las manos cuando me detengo a dos pasos delante de él y le ofrezco los objetos. Los acepta y hago ademán de darme la vuelta, ya que me imagino que me va a ordenar que me incline hacia delante.

—Espera.

Su orden me paraliza y, despacio, lo miro por encima del hombro.

—¿Qué pasa?

—Deja que te vea la mano.

Me sorprende que se haya parado a pensar en la herida que tengo en la mano.

—Está bien. Estoy bien.

Se la enseño a toda prisa con la intención de apartar la mano y acabar de una vez con este asunto, pero me coge de la muñeca. Me examina la herida un momento antes de mirarme a la cara.

—Se te curará bien. Mañana ya no deberías ni notarla.

—Lo sé. No... —Antes de que pueda decirle que no me hace falta su opinión, me interrumpe con otra orden que me descoloca por completo.

—Ponte sobre mis rodillas.

Echo la cabeza hacia atrás y lo miro como si se hubiera vuelto loco.

—Estás de broma.

Entrecierra los ojos, y hasta a mí me parece ridícula mi protesta. Mount no bromea.

—Vale. —Intento conservar algo de orgullo, pero ya se está evaporando cuando me inclino sobre él como una niña traviesa que se hubiera ganado una azotaina.

Me roza la cara posterior de un muslo con la mano y doy un respingo al sentirlo. Consigo mantenerme callada mordiéndome el labio cuando me levanta el vestido hasta la espalda, dejándome el culo al aire, ya que solo llevo el tanga.

Espero que se muestre frío y cruel en este asunto, pero nada más lejos de la realidad. Recorre con los dedos las leves marcas que me he visto en la ducha, y empieza a arderme la piel.

—¿Te duelen?

La pregunta me pilla desprevenida.

—Como si te importara.

Me aferra un glúteo y presiona con fuerza sobre las marcas. Aprieto los muslos de forma involuntaria.

—Quiero que me contestes.

—No, ¿vale? Es la maldición de tener la piel tan blanca. Me salen marcas con mucha facilidad. No es para tanto.

—Es una suerte que me guste ver las marcas que te dejo. Es bueno saber que puedo conseguir lo que quiero sin problemas, y sin dolor.

Antes de que se me ocurra una réplica mordaz, afloja los dedos y recorre con un dedo el hilo del tanga allí donde se mete entre los glúteos, y los aprieto con fuerza.

Suelta una carcajada seca al ver mi reacción, pero sigue explorándome con lentitud, metiéndome un dedo en el elástico del tanga y moviéndolo de un lado para otro.

Los movimientos son premeditados. Me está obligando a disfrutar de algo que quiero odiar, y el bulto que siento debajo del ombligo me indica que él también está disfrutando de lo lindo. Eso no debería excitarme, pero lo hace.

—Así te pondrás para que te azote por tu constante mal comportamiento. —El comentario no viene a cuento, pero me pone en tensión igualmente.

—No te... —empiezo, pero él termina por mí.

—¿Que no me atrevería?

Me da una palmada en el glúteo que apretó antes, con la fuerza suficiente para que me escueza antes de que me asalte una sensación ardiente.

—No tienes ni puta idea de lo que me atrevería a hacer en lo que a ti respecta. —Mete un dedo por debajo del elástico del tanga y me lo baja por las piernas, aunque tiene que darle un buen tirón para quitármelo porque tengo los muslos pegados—. ¿Estás mojada, Keira? —Lo pregunta en voz baja, pero sus palabras tienen la misma fuerza que una orden gritada.

Como no contesto de inmediato, levanta las caderas y me pega la polla al abdomen. Es imposible que no perciba lo larga y dura que la tiene.

—Porque yo la tengo muy dura por tu culpa.

Me quedo sin aliento e intento pensar en cualquier cosa que me centre las ideas y me haga olvidar lo excitada que estoy ahora mismo. «La reunión.»

—No tengo tiempo para esto. Tenemos que darnos prisa.

Su voz es un gruñido ronco cuando replica:

—Tienes suerte de que quiera que llegues a esa reunión o no saldrías de aquí en todo el día. Torturarte negándote el orgasmo podría convertirse en mi afición preferida.

Esta vez, mantengo la boca cerrada al suponer que cuanto menos hable, más deprisa terminaremos, aunque mi cuerpo me grita para que disfrute de cada segundo.

Dos dedos se deslizan entre mis piernas, recorriéndome la empapada entrada de la vagina con las yemas y rozándome el clítoris. Me remuevo sobre su regazo, desesperada por correrme o porque me deje libre, pero sé que no tengo ninguna de esas dos opciones.

—Estás chorreando, joder.

Quiero decirle que no es por él, pero una vez más tengo

que pensar en el tiempo... y en que estaría condenando eternamente mi alma por mentir.

Mientras juega con mi flujo, introduciéndome los dedos y trazando círculos alrededor de mi clítoris, susurra:

—Por fin te estás portando bien. Tan sumisa mientras juego con este coñito tan mojado.

Quiero decirle que soy de todo menos sumisa, pero me acaricia el clítoris y el placer me abruma. Y luego sube las apuestas, extendiendo el flujo hacia el ano y acariciándomelo con un dedo, impregnándolo con mi propia esencia. Presiona la punta del dedo contra el orificio prohibido, y me tenso.

—Relájate. Voy a asegurarme de que ansías esto.

Sus palabras encierran una promesa, y me aterra que vaya a tener razón. Repite el proceso con otro dedo, con una presión muy leve, y pego las caderas a sus muslos con más fuerza.

—Puedes fingir que no te gusta, pero te encanta cómo juego con este orificio virgen tanto como te gustó el polvo que te eché anoche en la mesa.

No puedo negarlo. He llegado a un punto en el que ya no soy capaz de articular palabra y lo único que saldrá de mi boca si la abro es un gemido. Además, si puede conseguir que no me duela cuando me meta el dilatador en el culo, no pienso discutir. Todavía me queda un minúsculo instinto de supervivencia.

Cambia de mano y usa la libre para meterme un largo y grueso dedo en el coño, follándome con él hasta que me retuerzo contra sus piernas.

Intenta meterme un segundo dedo, pero el estrecho canal se resiste antes de que entren los dos.

—Me cuesta creer que pudiera meterte la polla en este coñito tan estrecho.

Pierdo la noción del tiempo mientras me folla con los dedos y me acaricia el clítoris. Soy esclava de su voz ronca, que no deja de decirme todas las guarradas que quiere hacerme, y del placer que me consume mientras lo hace.

—Tienes suerte de que no me importe que me estés empapando los pantalones. La que tienes montada, Keira. —Agacha la cabeza y me susurra directamente al oído—: La verdad es que me encanta, joder.

Ya no siento vergüenza. Participo de forma voluntaria en lo que me está pasando ahora de la misma forma que he participado voluntariamente en todo lo que me ha sucedido en la vida. Deseo tanto correrme que me he olvidado de todo menos de la meta.

—Por favor. —Es un susurro y, al principio, no me doy cuenta de que ha partido de mí.

—Esas palabras de tus labios... —Me acaricia con fuerza el clítoris al tiempo que me mete dos dedos—. Es lo más erótico que te he oído decir. Sin contar la forma en la que gemiste mientras tu coño me apretaba la polla cuando te corriste anoche.

Su mano no se aleja en ningún momento y me acaricia la entrada de la vagina y el clítoris hasta que estoy dispuesta a suplicar de nuevo... pero, justo entonces, algo frío se desliza entre mis glúteos y me tenso.

—Tranquila. Solo es lubricante. Ahora voy a meterte el dedo en este culito virgen y te va a gustar tanto como cuando hago esto. —Vuelve a acariciarme el clítoris, provocándome el orgasmo que lleva creciendo en mi interior desde que empezó este peligroso juego.

Las oleadas de placer me asaltan una tras otra mientras Mount me acaricia el culo, añadiendo más presión cada vez, pero sin dejar de acariciarme el clítoris. Mi cerebro está dividido, incapaz de asimilar el placer y el miedo que lo asaltan a la vez.

—Déjame entrar, Keira. Dame tu culo.

Siento que se acerca otro orgasmo y, cuando me relajo, Mount consigue pasar la barrera de los tensos músculos con la punta del dedo. Me parece enorme. Unas terminaciones nerviosas cuya existencia desconocía cobran vida y vuelvo a tensarme, intentando expulsarlo.

—Ni se te ocurra echarme de tu culo, joder. Soy su dueño, voy a follármelo y vas a dejarme entrar.

El segundo orgasmo me consume, y mete el dedo entero en mi culo virgen, que ya ha reclamado para sí. Sigo disfrutando del orgasmo mientras me mete y me saca el dedo, y me froto contra él, sin saber si busco la presión en el clítoris o en el culo. La verdad, tampoco quiero saberlo.

Cuando saca el dedo, siento la tela de la chaqueta sobre el culo. Sé que ha extendido el brazo para coger el dilatador, que está en la mesa, y me tenso de nuevo.

—Puedes hacerlo, Keira. No es tan grande como mi polla y apenas es más grueso que mi dedo. Y no solo lo vas a tener dentro, sino que te va a encantar tener el culo lleno hasta que te diga que te lo puedes quitar.

No quiero creer sus palabras, pero la oscura seducción que subyace en ellas es más de lo que puedo soportar. Con la mano derecha, vuelve a acariciarme el coño y el clítoris al tiempo que presiona la punta del dilatador contra el culo.

—Estás a punto de descubrir lo que se siente al tener los dos agujeros llenos a la vez. —Me mete un dedo en el coño y el dilatador lucha contra la resistencia de mis músculos un segundo antes de entrar en mi culo, y estoy llena.

No he terminado de acostumbrarme a la sensación cuando Mount me azota el clítoris con la palma de la mano. Arqueo la espalda y grito, pero no de dolor, sino por culpa de un placer inimaginable.

Mount se inclina sobre mi cuerpo, sin dejar de acariciarme el sensible clítoris.

—Ese ha sido tu castigo por masturbarte cuando te dije que no lo hicieras.

Cuando lo dice, me doy cuenta de que he gritado su apellido, tal como me dijo que haría. Quiero odiarme, y también odiarlo a él, pero sus manos siguen moviéndose. Una traza círculos alrededor de mi clítoris mientras que la otra presiona contra la base del dilatador. Siento que otro orgasmo se acerca y aprieto los muslos, que tengo chorreando por el flujo. Él se detiene antes de que me corra.

—No quieres saber cuál será el castigo si te lo sacas antes de que te lo diga, ¿verdad, Keira?

# 22

## Keira

Estoy hecha un desastre cuando Mount me sube de nuevo el tanga por las piernas y me lo pone en su sitio, asegurándose de presionar de nuevo contra la base del dilatador, lo que me provoca una nueva oleada de estremecimientos. De forma literal, figurada y cualquier otra que se te ocurra.

Me levanta de su regazo como si no pesara nada y me deja de pie, aferrándome una cadera mientras el vestido se baja solo. Tan pronto como estoy de pie, recuerdo el motivo de este ejercicio.

—¡Mierda! Voy a llegar tarde. —Salgo disparada hacia la puerta, pero la voz de Mount me detiene.

—Tienes tiempo de sobra. La reunión no empieza hasta dentro de una hora.

Me doy media vuelta y el fuego que me abrasaba el cuerpo se enfría de golpe.

—Me has mentido.

Se encoge de hombros a modo de respuesta para restarle importancia.

—Eres...

Me interrumpe antes de que pueda insultarlo.

—De ahora en adelante, cada vez que me llames gilipollas o cabrón, o que me insultes de cualquier otra forma o me digas que me odias, te inclinaré sobre mi regazo y sobre cualquier otra superficie plana que tenga a mano. Después, te azotaré el culo o el coño, o te follaré uno de los dos. Nadie me habla así sin afrontar las consecuencias, y tú ya has superado el límite.

Me trago el insulto que tengo en la punta de la lengua mientras me pregunto cómo coño no voy a insultarlo ni a decirle que lo odio. Me cabrea tantísimo que no puedo controlar mis reacciones.

Nadie ha tenido nunca este tipo de poder sobre mí, y detesto que él lo tenga.

Enderezo los hombros y me yergo todo lo que puedo.

—No puedes controlarlo todo.

Él se pone de pie.

—Te equivocas. Coge la gabardina. No te conviene llegar tarde a la reunión.

La cojo del suelo donde la he tirado y meto los brazos en las mangas.

—Es horrorosa.

—Es la única que tengo, así que supongo que tendrás que aguantarte con ella. —Me niego a mirarlo.

Mientras echo a andar hacia la puerta, soy consciente de que me sigue. La manga de su chaqueta me roza el brazo cuando me rodea para abrir la puerta y su calor me envuelve.

Una vez que abre la puerta, la sorpresa me deja muda. ¡No tenía el pestillo echado en ningún momento! Podría haber escapado.

En sueños. No habría dado ni dos pasos antes de que Mount me alcanzara. Y a saber qué castigo me habría impuesto.

Aprieto el culo, demasiado consciente del objeto extraño que tengo dentro.

Cicatriz me espera en el pasillo con la capucha. ¿Es demasiado esperar que sea sordo además de mudo?

—Asegúrate de que llega a la destilería antes de las nueve. Recógela a las seis. Esta noche no trabajará hasta tarde, porque tengo planes.

Me doy media vuelta para protestar, porque le está hablando a Cicatriz como si yo no estuviera presente, pero descubro que las facciones de Mount parecen talladas en granito. En este momento, caigo en la cuenta de que este es el Mount que conocen sus empleados. El Mount que conoce todo el mundo. El hombre frío y cruel cuyas órdenes jamás se ponen en tela de juicio ni se desobedecen. El hombre que gobierna con puño de hierro, sin guante de seda.

Cuando esos ojos acerados se posan en los míos, es como si estuviera mirando a una persona distinta. No me cabe la menor duda de que este hombre es tan implacable como asegura su reputación.

Este no es el hombre que me examinó con cuidado la herida anoche, antes de rociármela con fuego, pero no puedo negar que hoy ya no me duele gracias a sus cuidados. Este tampoco es el hombre que estaba sentado en el salón, asegurándose de que disfrutara todo lo posible durante mi primera experiencia con el sexo anal.

¿Cuál es el verdadero Mount? ¿Quiero saberlo? ¿Importa?

Las preguntas me persiguen mientras Cicatriz me entrega la capucha y me levanta en brazos en silencio. Me digo que son imaginaciones mías, pero juro que puedo sentir la mirada de Mount abrasándome la espalda mientras nos alejamos.

—No creo que nos suponga problema alguno extenderle un poco más la línea de crédito mientras espera a cobrar ese cheque, señora Kilgore.

Lloyd Bunt me informa de su decisión mirándome al pecho más que a los ojos, y no sé si poner verde a Mount por mantenerme los pezones duros a todas horas o si darle las gracias, porque ese detallito puede ser el responsable de que Seven Sinners haya ganado algo más de tiempo.

Me apoyo en el respaldo del sillón con un suspiro aliviado y el movimiento me introduce más el dilatador. Me obligo a sonreír, aunque da lo mismo, porque Bunt sigue mirándome las tetas.

—Le agradezco esa muestra de consideración. Tenemos otros proyectos a la espera de confirmación, que sin duda reducirán más aún la deuda principal y nos ayudarán a aumentar la línea de crédito.

Bunt por fin me mira a los ojos.

—Me alegro de oírlo. Estaremos encantados de recibir esos pagos en el futuro. Y... en fin, deberíamos fijar otra reunión de control antes de que me marche. ¿Tal vez mientras cenamos la próxima vez?

Mi banquero quiere salir conmigo. Esto no puede estar pasando.

—Puedo reservar una de las mejores mesas en Galatoire's cuando nos convenga.

Sí, claro. Cómo no. Genial.

¿Cómo respondo a esto con sutileza? No quiero que reconsidere el acuerdo al que acaba de llegar con mis tetas... digo... conmigo. Me inclino por una respuesta diplomática.

—Creo que voy a pasar una buena temporada trabajando hasta muy tarde, porque quiero asegurarme de que Seven

Sinners genera los beneficios que sé que va a generar durante mucho tiempo.

Bunt sonríe.

—En ese caso, ¿en el restaurante de la última planta? Seguro que la jefa puede encontrar un momento para comer en su propio establecimiento, ¿verdad?

No va a dejarme escapar tan fácil por lo que parece.

—Claro. En mi humilde opinión, Odile puede rivalizar con cualquiera de los mejores chefs de la ciudad.

—Estupendo. ¿Mañana por la noche, entonces?

Sonrío mientras aprieto los dientes. Este hombre no sabe lo que es la sutileza.

—Lo comprobaré con mi asistente. Ella está al tanto de mi agenda mejor que yo. Le enviaré una respuesta.

—Bien. Espero mañana su llamada. —Me ofrece su tarjeta de visita—. Mi número de móvil está también ahí. Solo mis clientes preferidos consiguen una de estas.

—Vaya. Gracias. No sé qué decir —replico, y es la pura verdad.

—Solo di que sí a la cena, Keira. Me encantaría conocerte mejor.

Por fin doy con la respuesta que mi cerebro debería haber encontrado para excusarme de esta situación y sonrío con tristeza.

—Lloyd, si te digo la verdad, todavía sigo en periodo de... luto, así que ahora mismo solo puedo ofrecer amistad.

Su sonrisa refleja compasión durante dos segundos a lo sumo.

—Lo entiendo perfectamente. Creo que podemos ser grandes amigos, Keira. Y eso facilitará nuestra relación empresarial. Cuando les dedico toda mi atención a ciertos clientes, muevo cielo y tierra a fin de asegurarme de que sus expedientes están siempre a mano en mi mesa en vez de...

Deja la frase en el aire, pero la insinuación está clara. Si accedo a cenar con él, se asegurará de que las condiciones del préstamo se mantengan sin renegociarlas.

—Seguiremos en contacto, Keira. —Me ofrece otra sonrisa zalamera mientras se levanta del sillón y recoge los documentos de mi préstamo para guardárselos en el maletín. Una vez en pie, hace una pausa—. Estoy deseando cenar contigo.

Para él, es un hecho consumado.

Asiento con la cabeza mientras abandona el despacho y no puedo evitar pensar que el traje le queda holgado, como si fuera un niño jugando a disfrazase. No como los trajes de Mount, que le sientan como un guante y acentúan la anchura de sus hombros y su estrecha cintura.

Mi desatado cerebro añade un: unos hombros anchos que le arañaste con las uñas... y decido desconectarlo. Ni siquiera debería estar comparando a estos dos hombres.

Y si Mount descubre lo que ha insinuado Bunt... Tiemblo solo de pensar lo que podría pasarle a mi banquero.

Todavía me pregunto si Mount tiene cámaras en mi despacho y, si las tiene, si también transmiten el sonido. Es una pregunta que debería hacerle, pero el hombre de expresión tallada en granito que me despidió esta mañana no va a ofrecerme la respuesta.

Me siento de nuevo a la mesa y recojo mis copias del préstamo para devolverlas a su carpeta. Seven Sinners no está en números rojos por los pelos. Los proyectos tienen que salir adelante o voy a necesitar un milagro.

Antes de que pueda seguir analizando el problema, llaman a la puerta y Temperance asoma la cabeza.

—¿Cómo ha ido?

La sonrisa que esbozo es sincera.

—Seven Sinners puede seguir luchando un poco más. Con suerte, mucho más.

—Sabía que podías hacerlo. —Su mirada recorre mi vestido—. Y vas vestida para la ocasión, jefa. Has mejorado el vestuario para estas reuniones. Eres lista.

No puedo admitir que me eligen la ropa, pero supongo que debería sentirme agradecida, porque ha influido en mi favor; aunque mis dos últimas victorias empresariales me hayan dejado un regusto amargo en la boca, porque parecen manipuladas.

Claro que no soy yo quien manipula aquí, me recuerdo.

No necesito usar las tetas para obtener el éxito en el ámbito empresarial, pero Mount ha acertado otra vez esta mañana. Nunca me he fijado en el interés que despierto en los hombres y ahora me fijo más de la cuenta.

Llaman de nuevo a la puerta. Espero que sea Louis quien aparezca, pero es un rostro desconocido.

—Desayuno para la señora Kilgore. La recepcionista me ha dicho que se lo trajera aquí.

Abro la boca para decir que no he pedido ningún desayuno, pero eso despertaría la curiosidad de Temperance y me haría preguntas para las que no estoy preparada.

—Gracias. Pasa.

El chico entra y abro el cajón de mi mesa para darle una propina, pero él agita una mano a modo de negativa.

—Ya está pagado. Que aproveche.

Temperance se vuelve para verlo marcharse.

—Qué mono. ¿De qué restaurante es? Es posible que tenga que pedir algo...

—Eh... —Examino la sencilla bolsa de papel marrón en

la que no hay logo alguno—. Ya sabes, del sitio ese que llevo un tiempo queriendo probar. —Chasqueo los dedos como si no pudiera recordar el nombre, frustrada porque no hay ningún tíquet grapado a la bolsa con un nombre—. Seguro que lo recuerdo en cuanto te vayas.

Temperance me mira con una expresión rara en la cara.

—Vale. Quédate tú al repartidor mono si lo quieres.

—No es eso...

Ella levanta las manos.

—Oye, que si tú lo has visto primero, no pienso pelear.

—No es eso. Te lo juro. Es que estoy nerviosa por culpa de la reunión y el estrés que me ha estado provocando. Y ahora tengo que ver cómo me las apaño para librarme de cenar con Lloyd Bunt.

Su expresión cambia al instante a una de asco.

—¿Te ha invitado a salir? ¿Durante una reunión de trabajo? Eso es muy poco profesional. Además, es... puaj. —Se estremece para dejar clara su opinión, y no puedo estar más de acuerdo con ella. Lloyd es el último hombre con el que me apetecería cenar.

«¿No debería ser Mount el último hombre con el que te apetecería cenar?», se burla mi cerebro, recurriendo a la lógica.

Tan pronto como me siento de nuevo en el sillón, el dilatador se introduce un poco más y se me endurecen los pezones. Intento pasar por alto la sensación, pero es imposible. Llevo toda la mañana intentando olvidar el inicio del día y el tanga ya no tiene arreglo. Recuerdo lo que Mount comentó sobre lo de mojarle los pantalones y la vergüenza me atraviesa. Me pregunto si se ha cambiado o si...

«Deja de pensar en él.»

Eso es casi tan imposible como olvidar que llevo un dilatador en el culo.

Meto la mano en la bolsa para ver qué voy a desayunar y encuentro una nota escrita con una letra conocida.

*Come. No salgas del edificio hasta que vayan a buscarte.*

—Qué cabronazo —murmuro.

No puede castigarme si no me oye insultarlo.

# 23

## Keira

—Cariño, ¿te has vuelto loca? Sabes que no podemos comer en tu restaurante juntas. Las cosas no funcionan así —me discute Magnolia.

—Ya vale. Eres una de mis mejores amigas...

—Y también soy infame, una reputación que me he ganado a pulso, por cierto.

Pienso en la nota que me decía que no me marchara y la sopeso con el hecho de que necesito más información si quiero conservar mi alma intacta durante la negociación con Mount. Ya me he resignado a la idea de que he perdido el control de mi cuerpo.

—Pero me encantaría que nos pusiéramos al día —le digo, y Magnolia capta lo que quiero decir.

—Sí, lo sé. Yo también echo de menos la relación tan estrecha que teníamos. ¿Recuerdas lo bien que nos lo pasamos el día que celebramos que conseguí graduarme en secundaria? Tenemos que repetirlo pronto. Después de... todo esto. Luego podremos ponernos al día como en los viejos tiempos. Sigo echando de menos aquella época. Cuando las tres de la tarde significaba salir de clase en vez de levantarme para empezar a trabajar.

Su cambio de tema me desconcierta un instante, pero luego me doy cuenta de que está hablando en clave, como si le preocupara que alguien espiase nuestras conversaciones telefónicas.

Si es que no me sorprendería que me hubiera pinchado el teléfono.

—Sí, te entiendo. Yo también echo de menos aquella época. Tenemos que ponernos al día, pero ya.

—Lo haremos un día de estos.

—Nos vemos, Mags.

—Lo mismo te digo, Keke.

Me escabullo por la puerta trasera de mi propio edificio para reunirme con el chófer de Uber que he pedido que me recogiera a media manzana de distancia. Son las 14.25, lo que quiere decir que llegaré al sitio que ha indicado Magnolia a eso de las tres. Soy novata en todo este lío de espías, así que espero haberlo entendido bien.

Cuando llegamos al restaurante venido a menos, donde hay que pedir en la barra, salgo del coche. No veo por ninguna parte el Lexus rojo deportivo de Magnolia. ¿He llegado temprano?

Abro la puerta del restaurante y echo un vistazo a mi alrededor. Me siento en un reservado al fondo, medio oculta, pero si me inclino lo suficiente hacia la derecha, puedo ver quién entra por la puerta.

Magnolia no es famosa por su puntualidad, pero estaba segura de que, esta vez, sí llegaría a su hora. A menos que haya malinterpretado toda esa chorrada de hablar en código y demás.

Por suerte, dos minutos más tarde, entra por la puerta.

—Lo siento mucho, guapa. He pillado un atasco.

—¿En serio? Porque siempre pones la misma excusa y casi no he pillado tráfico viniendo hacia aquí.

Magnolia pone los ojos en blanco.

—Me alegro de que hayas tenido suerte... y de que me conozcas lo bastante bien como para haber descifrado el mensaje en clave.

Me inclino sobre la mesa.

—¿De verdad crees que me ha pinchado el teléfono? —No hace falta aclarar a quién me refiero.

Magnolia me imita.

—Keke, ya te está pinchando el culo, ¿no?

Aprieto los glúteos y pienso en lo que me he quitado antes, después de que me llegara un mensaje de texto de un número desconocido con una sola palabra: «Sácatelo.»

Me remuevo en el asiento de vinilo cuarteado, porque no quiero admitirlo. Claro que Magnolia no necesita que se lo confirme. Se limita a menear la cabeza como si yo fuera una alumna que no consiguiera asimilar los conceptos más básicos.

—Si crees que tenemos más de diez o quince minutos antes de que sepa exactamente dónde estás, te estás chutando algo muy bueno.

—No puede ser el hombre del saco tan malo que dices que es —susurro, aunque lo digo solo medio convencida, porque sé cómo cambió su actitud cuando salimos del salón esta mañana—. Nadie ostenta tanto poder. Además, no he visto que se haya derramado sangre ni que haya gritado nadie. —«Salvo yo misma», añado para mis adentros.

Magnolia me mira con los ojos entrecerrados y menea la cabeza.

—Te dije que no solo te follaría, sino que te comería la cabeza, y lo ha hecho.

—Pero...

Levanta una mano.

—Si tienes que decirte que no es un cabronazo aterrador e implacable para que aceptes sin problemas que te gusta cómo te folla, me parece perfecto. Pero no creas ni por un segundo que es verdad. Porque será la mentira más gorda que te has tragado.

Aparto la vista de su cara y la clavo en la ajada mesa roja. Replico con voz apenas audible:

—Si es así, ¿cómo puedo vivir conmigo misma sabiendo lo que le dejo que me haga? —Vuelvo a mirarla a los ojos—. Se lo supliqué. —Me arde el estómago mientras me consume la vergüenza que me provoca esa confesión.

Se le endurece la mirada.

—Ni se te ocurra avergonzarte por algo que hayáis hecho, joder. Te lo dije, no estás preparada para lidiar con alguien como él. No existen tíos como él en tu mundo. No puedes luchar en el juego en el que te ha metido. Si quiere una mujer, la consigue. Se rumorea que las folla hasta volverlas locas. Literalmente. ¿No te hablé de la mujer que desapareció? He oído que se vuelven locas por él y que tiene que cortar la relación «para siempre» porque esas guarras no se despegan ni con agua caliente. Ni se te ocurra pensar por un segundo que es algo contra lo que hubieras podido luchar y salir victoriosa.

Una idea se me pasa por la cabeza.

—Para siempre, ¿te refieres a que las mata?

—No lo sé. A lo mejor están viviendo en una casita junto a la playa. O a lo mejor no. Pero eso da igual. El asunto es que lo único que puedes hacer es protegerte la cabeza y mantener a salvo tu corazón y tu alma mientras dejas que tu cuerpo se lo pase bomba.

—Ya lo tengo en la cabeza. Dijiste que se metería ahí, y lo ha hecho. Cuando estoy con él, joder, incluso cuando no

lo estoy. Me está convirtiendo en alguien que no reconozco.
—En este momento, no sé qué me da más miedo: Mount o el poder que ostenta sobre mí.

—Tienes que luchar contra esa sensación. Tienes que seguir luchando contra él.

Suelto una carcajada seca.

—No es tan fácil.

—No me cabe la menor duda. —Una vez más, la mesa de formica se vuelve fascinante, y Magnolia chasquea los dedos delante de mi cara—. No tenemos mucho tiempo, así que será mejor que sueltes lo que querías decirme.

Cierro la boca con fuerza hasta que estoy segura de que se me han quedado los labios blancos.

—Me castigará si me rebelo.

Pone los ojos como platos y veo un brillo rabioso en ellos.

—¿Estás diciendo que te hace daño? Porque puede que no sobreviva si me lo cargo, pero pienso morir en el intento como te haga daño.

—No en ese sentido —me apresuro a decir, meneando la cabeza—. Ya sabes... sexualmente.

Magnolia controla su instinto de mamá osa un poco y se lame los dientes superiores.

—Y hace que te guste.

No es una pregunta, pero contesto de todas formas.

—No puedo evitarlo. Es... —Me cubro la cara con ambas manos—. Es demasiado intenso. Es capaz de volverme tan loca que quiero matarlo, y luego pierdo la cabeza por completo. —Levanto la cabeza y clavo la vista en el techo antes de la última confesión—. Anoche le supliqué que me follara.

Magnolia solo me responde con el silencio hasta que por fin la miro a la cara.

—No hay reglas, ni bien ni mal, y tampoco hay de lo que

avergonzarse con lo que pasa entre un hombre y una mujer si los dos disfrutan. Así que date un poco de cuartelillo. El hecho de que él tenga el control no lo convierte en un monstruo. A muchos tíos les encantan esas cosas. —Hace una pausa—. Pero tienes que ser muy lista, cariño, y las dos sabemos lo que tienes en el bolso.

Estoy a punto de discutirle, porque me siento como una imbécil en todo lo referente a Mount, pero no me da tiempo. La puerta del restaurante se abre y al nudo que ya tenía en el estómago se le añaden unos cuantos que ni siquiera mi padre, con su medalla de los Boy Scouts, sería capaz de deshacer.

Los pasos de Cicatriz resuenan en el local mientras se acerca derecho a nuestro reservado, y no se detiene hasta que está a un paso de la mesa.

—Creo que es la señal para que te vayas, Keke —me dice Magnolia.

Cicatriz le dirige tal mirada que me hace temer por su seguridad, de modo que me levanto y chasqueo los dedos delante de su cara como Magnolia acaba de hacer conmigo. Cuando me mira, lo hace con los ojos como platos. No hace falta ser un genio para saber que nadie le chasquea los dedos en la cara.

—Ni se te ocurra pagarlo con ella. Y ya puedes decirle a Mount que si lo hace, me las apañaré para que se arrepienta de haberme conocido siquiera.

La sorpresa de Cicatriz se convierte en otra cosa. No sé muy bien si me cree una idiota por amenazar a Mount o se trata de algo distinto. Casi parece una expresión de respeto.

Señala la puerta con la cabeza y me obligo a mantener la pose descarada que ha brotado de mi interior por la necesidad de proteger a mi amiga.

Pongo los ojos en blanco antes de mirar a Magnolia.

—No me ha dicho una sola palabra. A estas alturas, no creo que me la vaya a decir en la vida.

Salgo del reservado y Magnolia me imita, apartando a Cicatriz con sus generosas caderas para abrazarme. Espero que me diga que me quiere y que mantenga la cabeza fría, pero, en cambio, me susurra al oído.

—Dicen que Mount le cortó la lengua por cuestionar una orden suya. Ten cuidado. Pero, sobre todo, mantén la cabeza fría, Keke. —Sus palabras son como un puñetazo en el estómago mientras me da un abrazo y luego me suelta—. Te quiero, guapa.

—Yo también te quiero.

Cicatriz se vuelve hacia la puerta y estoy segura de que, de poder hablar, me diría: «Sígueme y déjate de gilipolleces.»

Mi nerviosismo aumenta cuando me alejo de Magnolia y echo a andar hacia el coche que me llevará ante Mount. He desobedecido una orden directa y no me cabe la menor duda de que voy a pagar por ello.

Cicatriz abre la puerta trasera del sedán y entro en el coche. Es inútil luchar, tal como ha dicho Magnolia. Solo puedo mantener la cabeza fría y reforzar mis defensas con acero y desparpajo.

La capucha está en el asiento trasero. Quiero tirársela a Cicatriz a la cara, pero ¿qué voy a conseguir con eso? ¿Otro castigo? Seguramente.

Arranca el coche, pero no le mete la marcha. Tardo varios segundos antes de enfrentar su mirada a través del espejo retrovisor y captar el mensaje con claridad. No piensa moverse hasta que no me ponga la capucha.

—Tú también eres gilipollas, por si no lo sabías.

No pienso decírselo a Mount directamente, así que me parece una bonita forma indirecta de decírselo.

Aparto la capucha.

—Todavía no voy a volver con él. Dijo que a las seis y todavía me queda trabajo por delante. Llévame a la destilería.

Cicatriz pone cara de sorpresa por la orden que le he dado. Cuando pone el coche en marcha y sale del aparcamiento, no sé qué dirección va a tomar.

Para mi absoluto asombro, me lleva de vuelta al trabajo. Me digo que es una victoria, pero, por dentro, sé muy bien que solo estoy retrasando el castigo que me espera más tarde.

# 24

## Keira

Cuando vuelvo a mi jaula por la noche con Cicatriz, descubro una nota en el espejo del cuarto de baño que es imposible pasar por alto.

*Dúchate.*
*Tienes una hora para vestirte y prepararte.*

Sé muy bien cuándo presionar y cuándo ceder... un poco. Después de mi desafío de esta tarde, decido que no pasa nada si sigo las instrucciones.

Tras una ducha rápida, me apresuro a arreglarme en el plazo permitido. No necesito mucho, pero mi pelo tarda siglos en secarse. No sé el tiempo que ha pasado porque Cicatriz no me ha dado el bolso, así que lo hago todo a la carrera. Entro en el vestidor y descubro un vestido blanco muy parecido al negro que llevé hace poco. Mientras me lo pongo, no puedo evitar pensar que soy una ofrenda a punto de ser sacrificada.

Estoy esperando en el salón cuando llega Cicatriz, con la capucha en la mano.

Por lo menos, he logrado arreglarme a tiempo.

Cicatriz me levanta en brazos y bajamos la escalera, giramos a un lado y a otro, y no me cabe la menor duda de que me va a entregar a Mount para enfrentar las consecuencias de mis actos de esta tarde. Recuerdo de repente las advertencias de Magnolia y me repito que ha merecido la pena.

Cuando Cicatriz por fin me deja en pie, me quito la capucha de un tirón y me preparo para lo que sea.

Estoy en una habitación nueva para mí. Todo exuda poder sin la menor sutileza, incluyendo la enorme mesa a la que está sentado Mount y los monitores que tiene delante y que desaparecen al instante en unos compartimentos ocultos.

Sin mirarme siquiera, le hace un gesto con la cabeza a Cicatriz, que está detrás de mí. Oigo el sonido de la puerta al deslizarse y, después, silencio.

Otra vez sola y a su merced por completo. ¿O no?

Mount abre la boca para hablar, pero lo interrumpo antes de que pueda empezar. La mejor defensa es un buen ataque, o eso dicen.

—¿Ahora vigilas todos mis movimientos? ¿Mandas a tu secuaz a buscarme en cuanto me paso de la raya? Ya te dije que no vas a joderme la vida entera y lo decía en serio.

La oscuridad que casi siempre está presente en su expresión se intensifica.

—No sé si eres tonta o simplemente eres valiente para desafiarme así.

—¿Y qué vas a hacer? ¿Matarme? —Me arrepiento de darle esa idea en cuanto sale de mis labios.

Mount me mira con esos ojos oscuros entrecerrados, pero esboza una sonrisa escalofriante.

—No, pero me voy a asegurar de que te lo piensas muy bien antes de volver a desobedecerme.

—Eres...

Levanta la barbilla como si me estuviera desafiando a pronunciar el insulto que iba a lanzarle, así que cierro la boca y me muerdo el labio inferior para no hacerlo.

—Ven aquí.

Trago saliva, porque rodear esa mesa es lo último que me apetece ahora mismo, pero algo en su expresión me dice que desobedecerlo sería una pésima idea.

Los tacones de mis zapatos, que supongo que él ha elegido, repiquetean sobre el suelo de madera cuando rodeo el escritorio para acercarme a él. Solo consigo llegar a medio camino antes de que Mount se levante de golpe, retirando el sillón al mismo tiempo, y me alce sobre la mesa vacía.

¿Lo había planeado? El miedo que sentí en el restaurante no es nada comparado con lo que corre por mis venas ahora mismo.

—¿Qué vas a hacer?

—No me obligues a amordazarte también.

¿También?

Coloca una de sus enormes manos entre mis pechos hasta que me obliga a tumbarme de espaldas en la mesa, con las rodillas dobladas sobre el borde. Se me caen los zapatos al suelo, primero uno y luego el otro.

—Mount... —El pánico más absoluto me invade cuando pronuncio su nombre.

—¿Confías en mí, Keira?

Ya me ha hecho antes esa pregunta y la respuesta no ha cambiado.

—No.

Sus labios esbozan una sonrisa amenazadora.

—Chica lista.

Se agacha entre mis piernas y, aunque espero sentir el aire frío en ellas cuando me levante la falda, lo que siento es algo suave en torno al tobillo que me inmoviliza la pierna a la pata de la mesa.

—¿Qué coño...?

Antes de que pueda reaccionar, repite la operación con el otro tobillo, pero lo sujeta a la otra pata, con lo cual me deja las piernas separadas, una posición vulnerable. Le doy un tirón a las ataduras, pero son tan inflexibles como el hombre que tengo delante.

—No.

Me detengo al instante al oír su orden.

—¿Ves? Eres capaz de seguir órdenes. Solo por eso, no te inmovilizaré las manos.

Empieza a acariciarme los tobillos con los pulgares, por encima del grillete, y va subiendo por la cara interna de las piernas hasta detenerse en los muslos. Me coloca las manos en ellos, con los dedos extendidos, y va subiendo el vestido centímetro a centímetro hasta que el tanga queda a la vista.

—¿Tienes miedo, Keira?

Parte de mí está petrificada; pero otra parte, la que es evidente que está loca, es la responsable de la humedad que siento entre los muslos solo por el hecho de estar atada. Algo que solo intenté hacer en una ocasión, pero destierro el pensamiento al instante. No quiero recordar ahora mismo aquella desquiciada noche de Mardi Gras por la desilusión que me provocó después.

Mount detiene las manos con un pulgar casi sobre el clítoris y me doy cuenta de que está esperando mi respuesta.

—Sí —contesto, obligándome a hablar con los labios apretados, y su sonrisa adquiere un rictus triunfal.

—Deberías tenerlo. Pero también eres una mentirosilla. —Pasa el pulgar por el tanga, que se va empapando con cada segundo que pasa—. Ya estás mojada. Te gusta esto. Estar a mi merced. No sé qué voy a hacerte. Podría provocarte un orgasmo con los dedos, comerte este coño tan dulce que tienes o follarte. O las tres cosas.

Intento juntar los muslos, pero los grilletes que me inmovilizan los tobillos me lo impiden. Sin embargo, a Mount no se le escapa el movimiento de mis músculos.

—Keira, eres una guarrilla. Pero siempre lo he sabido.

—¿Cómo? —exijo saber con un hilo de voz.

En vez de contestar, rasga el encaje del tanga con la otra mano y me lo quita.

—Me juré que no probaría este coñito, que no te daría ese placer, hasta que antes te hubiera metido la polla en la boca, pero esta noche estás consiguiendo que rompa más de una regla.

Me estremezco al sentir que me roza la cara interna de un muslo con la nariz. Aspira mi olor y, después, me coloca la boca encima y empieza a devorarme. Me acaricia la entrada de la vagina con un dedo y me mojo cada vez más hasta que me lo mete y me chupa el clítoris al mismo tiempo. De repente, cambia su plan de ataque a un perverso «voy a hacer que Keira se corra de inmediato» y me provoca un placer instantáneo que me recorre por entero. Levanto la espalda de la mesa al tiempo que extiendo los brazos para enterrarle las manos en el pelo, sin estar segura de si quiero apartarlo o inmovilizarlo contra mis piernas para que la sensación no se acabe nunca.

Tan pronto como le entierro los dedos en el pelo, él se aparta y menea la cabeza.

—Eres incapaz de seguir una orden.

Se endereza y rodea la mesa, tras lo cual me coge las manos.

—¿Qué...?

—Ya lo verás.

Me rodea las muñecas con unos grilletes forrados de cuero y acolchados, sujetos a los extremos de una cadena. Después, me obliga a tumbarme de espaldas de nuevo sobre la mesa y me coloca las manos por encima de la cabeza, inmovilizándolas gracias a un gancho que debe de estar por debajo del borde.

Acto seguido, me mira como si mi cuerpo fuera un festín servido sobre su mesa a la espera de ser devorado.

El vestido blanco cobra sentido de repente. Desde luego que me siento como si fueran a sacrificarme.

—Ahora puedo comerme este coño en paz y tú no podrás detenerme.

—Si esta es la parte en la que me torturas a base de orgasmos, me parece bien.

Tan pronto como lo digo, deseo no haberlo hecho. Pero hay algo en mis palabras que me empodera. Como si, a cierto nivel, estuviera concediéndole a Mount este privilegio. A lo mejor me ha trastocado la mente del todo, porque la sonrisa que aparece en su cara, arrogante pero misteriosa, hace que desee tenerlo de vuelta donde estaba antes.

Menea la cabeza despacio como si no acabara de entenderme, y eso refuerza la sensación de poder a la que de repente me estoy aferrando.

Cuando se inclina de nuevo entre mis muslos y empieza a acariciarme el clítoris trazando círculos con un dedo, me retuerzo y elevo las caderas para incrementar la presión, decidida a controlar la situación en la medida de lo posible dada la postura. Aunque esté atada, ya no me siendo desvalida.

Mount me chupa el clítoris y me lo muerde lo justo para que experimente un ramalazo de placer mezclado con dolor.

Cuando aparta los dientes, siento un leve resquemor, pero no es dolor. Es... algo más complicado. Si sigue haciéndolo, me corro en menos de un minuto.

Lame la entrada de la vagina y, después, regresa al clítoris para morderlo de nuevo, y gimo mientras sacudo la cabeza. Las protestas salen de mis labios cuando su boca se aparta para volver a acariciarme el clítoris con un dedo.

—Te gusta. El dolor mezclado con el placer. La presión sobre el clítoris que te lleva al mismo borde. ¿Y si te mantengo todo el rato ahí, en el borde? ¿A punto de correrte?

Trago saliva mientras me pregunto lo que estará pensando su mente maquiavélica.

—¿De qué hablas?

—Es un experimento. —Extiende un brazo hacia un lateral de la mesa y saca una cajita.

Levanto la cabeza lo poco que me permite la postura, ya que no puedo mover los brazos, para ver lo que está haciendo y atisbo algo plateado.

—¿Qué es eso?

—Ya lo verás. O, mejor dicho, ya lo sentirás.

Siento el frío del metal en la vulva y sé exactamente lo que tiene. Alguna especie de pinza.

—A ver si te gusta esto. —La coloca sobre el clítoris, y la ligera presión me hace arquear la espalda de nuevo.

La presión desaparece en un abrir y cerrar de ojos.

La quiero de vuelta. Magnolia me dijo que no debía avergonzarme si ambos lo deseábamos, y por más inmoral que me parezca esto, quiero que me dé más.

—Podría hacerte llevar una pinza durante las veinticuatro horas del día para recordarte que no debes desobedecerme, pero no es seguro ni saludable.

Esas son las últimas palabras que esperaría de sus labios, así que no sé qué replicar. Sin embargo, se endereza y siento la presión de nuevo, lo que me coloca al borde del orgasmo. Me la quita de nuevo.

—Pero hay otra opción. Y creo que te va a encantar, joder. Porque a mí me encanta.

No sé de qué está hablando, pero estoy tan cerca del orgasmo, que mi mente no funciona.

—Por favor...

—¿Quieres correrte?

—¡Sí!

—Pues entonces dime que te harás un *piercing* en este clítoris tan bonito que tienes para que te lo frote cada vez que te muevas.

Sus palabras atraviesan la neblina que me invade el cerebro y me devuelven a la realidad.

—¿Cómo?

—Un *piercing* en el capuchón del clítoris. Intensificará las sensaciones. Algunas mujeres aseguran incluso que provoca orgasmos espontáneos.

Me quedo boquiabierta, pero no por el asombro, como él parece creer.

¿Cómo es posible que me lea el pensamiento?

Llevo años pensando en la posibilidad de hacerme un *piercing* en el clítoris y estuve a punto de hacérmelo antes de conocer a Brett. Después, se lo comenté en una ocasión, pero él descartó la idea porque la veía como una estupidez.

Sin embargo, eso no evitó que siguiera deseándolo y preguntándome cómo sería. Muevo las caderas de lado a lado mientras Mount me mira como si estuviera interpretando todas mis reacciones y expresiones.

—¿Lo has llevado antes? —me pregunta, y es una pregunta de verdad, una de las pocas que me ha hecho.

Niego con la cabeza.

—No.

—Pero querías hacértelo.

Me muerdo el labio inferior, renuente a admitirlo.

Mount no necesita oír mi confesión. Ya la ha visto en mi cara.

—Pues te lo van a hacer esta noche.

Ahora sí que abro la boca por el asombro.

—¿Cómo?

—Juré que este coño era solo para mí, pero quiero que te lo perfores con la piedra preciosa que he elegido. Una esmeralda. Cada vez que te abra de piernas, quiero verla relucir al mismo tiempo que relucen tus ojos.

Me acaricia el clítoris con la lengua y me lo lame antes de chuparlo y morderlo. Levanto las caderas hacia su boca para aumentar la presión, pero él se aleja otra vez.

—Dime que lo quieres.

—Quiero correrme —digo, en cambio.

—No hasta que admitas que quieres el *piercing*. Que quieres sentirlo entre las piernas, y que cada vez que te muevas, pensarás en mí, aunque no lleves nada en el coño ni en el culo.

Me acaricia lentamente la entrada de la vagina con un dedo y me penetra hasta el primer nudillo, retirándolo para torturarme hasta que me dan ganas de chillar. Consigo guardar silencio otros noventa segundos. Los cuento mentalmente, hasta que no puedo aguantar más.

—Deja que me corra.

Me mete el dedo entero.

—No hasta que me digas lo que quieres. Lo veo en tu cara, pero necesito oírlo de esos labios tan follables.

A estas alturas, estoy dispuesta a acceder a casi cualquier cosa que me exija este hijo de puta manipulador, pero ¿si se trata de algo que llevo años deseando? ¿Qué tengo que perder?

—¡Vale! ¡Sí! Lo quiero. Y ahora deja que me corra.

Fiel a su palabra, me devora de nuevo. Me provoca un orgasmo con los labios, los dientes, la lengua y los dedos en tiempo récord. Tan pronto como dejo de estremecerme, como si me hubiera hecho algún tipo de ritual vudú, se endereza y me baja el vestido.

—No digas nunca que no te doy lo que me pides.

Se saca el móvil del bolsillo y toca la pantalla. Se aleja de la mesa y empieza a hablar con alguien.

—Necesito a alguien que haga un *piercing*. Esta noche. Una mujer. —Hace una pausa—. Sí, ella me vale. Asegúrate de que tenga claro lo que puede pasarle si habla. Tráela dentro de un cuarto de hora con el instrumental necesario y un aro de oro con una esmeralda. —Otra pausa—. Encárgate de todo. —Corta la llamada.

De repente, asimilo la realidad de lo que está sucediendo.

—¿De verdad vamos a hacerlo? ¿Ahora? ¿Esta noche?

Mount se da media vuelta para mirarme.

—¿Crees que me voy a arriesgar a que cambies de idea? Lo quieres. Me apuesto lo que quieras a que llevas años deseándolo. —Ladea la cabeza como si estuviera intentando leerme el pensamiento—. ¿Eres capaz de decirme la verdad o vas a mentirme otra vez?

Su desafío me obliga a ser sincera.

—Lo he pensado, sí.

—¿Por qué no lo hiciste? Eres una mujer que persigue lo que quiere.

No le respondo, pero acaba de hacer una afirmación que posiblemente sea muy certera.

—Ah, en fin. Pues ya no tienes ese problema. A mí me parece la hostia de erótico y estoy deseando verte con él.

Tiro de los grilletes.

—¿Vas a... vas a dejarme así cuando venga? —He oído que ha pedido que sea una mujer y, la verdad, se lo agradezco.

—¿Serás buena si te suelto?

—Odio que me hables así —le digo—. Como si fuera una niña.

Se agacha para liberarme un tobillo antes de cambiar la pregunta.

—¿Vas a hacer que me arrepienta de no haberte amordazado además de mantenerte atada? Porque las consecuencias de lo que hagas durante la próxima hora no solo te afectarán a ti, sino que también afectará a la vida de alguien más.

Dejo que pasen unos cuantos segundos, durante los cuales se me acelera el corazón antes de asentir con la cabeza.

—Puedes estar tranquilo.

Mis palabras le arrancan una carcajada mientras me libera un tobillo y luego el otro, tras lo cual se traslada para hacer lo mismo con mis manos.

—¿Por qué te resulta tan gracioso?

—Algún día te lo diré.

Una vez que me libera las piernas, las uno, muy consciente de que tendré que separarlas de nuevo, pero en esa ocasión para una desconocida con una aguja. Por fin voy a hacerme el *piercing* guarrillo que he deseado desde la universidad, pero para el que nunca he tenido el valor.

¿Eso es lo que está haciendo Mount? ¿Me está presionando para superar mis límites?

Sin duda.

Y me gusta.

Un cuarto de hora después llaman a la puerta y Mount dice:

—Adelante.

La estantería se desliza y Cicatriz aparece acompañado por una mujer que no es una desconocida.

—¿Delilah?

Ella pone los ojos como platos por debajo del flequillo azul intenso.

—Joder. Esto sí que no me lo esperaba.

—Pues mantén la boca cerrada al respecto —le advierte Mount con deje amenazador.

Delilah lo mira y se tensa.

—Solo lo haré si ella está dispuesta. Si la estás obligando, tendrás que buscarte a otra persona.

La expresión de Mount se vuelve tan pétrea como el granito, igual que sucedió esta mañana, y me pregunto si soy la única persona que ve la otra faceta de su carácter. Lo que Magnolia me ha contado esta tarde me hace pensar que ese es el caso, y todavía no estoy segura de lo que hacer con esa información.

—¿Quieres vivir hasta mañana? —le pregunta Mount a Delilah, y ella se muerde el labio inferior.

No pienso permitir que le haga daño. Por primera vez, modulo mi tono de voz para hablar con él, movida por mi reciente descubrimiento de que no se comporta igual cuando hay alguien más delante.

—Es una amiga. No pasa nada. —Extiendo un brazo y le doy un tironcito en la manga de la chaqueta.

Mount clava la vista en el lugar donde lo estoy tocando antes de levantarla hasta mi cara, para mirarme con renovada intensidad.

—No dirá nada —añado en voz baja.

El peso de su silencio está a punto de aplastarnos a todos. Al final, dice:

—En ese caso, no hay problema.

Cuando le suelto el brazo, flexiona los dedos antes de cerrar el puño. Un segundo después los extiende y se mete las manos en el bolsillo del pantalón.

Miro hacia el otro extremo de la estancia, donde está Delilah. Parece tensa, como si estuviera lista para huir en cualquier momento, y no la culpo. El Mount al que se ha sometido es el cabrón despiadado que todo el mundo conoce.

—Quiero hacerlo —le digo.

—¿Estás segura?

—Sí.

—¿Has bebido? —me pregunta.

—Ni una pregunta más —suelta Mount a modo de respuesta.

Delilah lo mira de reojo, aunque solo es capaz de enfrentar su mirada un segundo antes de mirarme de nuevo.

—Es importante saberlo para prevenir hemorragias.

Le contesto:

—Estoy sobria.

Me mira como diciendo: «Estás sobria, pero esto es chungo que te cagas.»

Y no se equivoca.

—Vale, pues vamos a hacerlo —me dice al tiempo que asiente con la cabeza.

Cicatriz le da la caja con su instrumental, y hasta ahora no me doy cuenta de que era él quien la sostenía. Tan pronto como se la entrega, se va.

Al cabo de unos momentos, estoy otra vez tendida de espaldas en la mesa de Mount; en esta ocasión, porque yo lo he decidido. Era eso o acabar volviéndome loca. Aunque a estas alturas, igual lo estoy.

Delilah me desinfecta y, unos minutos después, ya estoy preparada. Mount está al lado de la mesa, junto a mí.

Cuando veo la larga y gruesa aguja que va a perforar una parte tan sensible de mi cuerpo, con el pendiente de oro y la esmeralda en el extremo tal y como él ha ordenado, empiezo a dudar de mi decisión.

—Respira hondo varias veces —me dice Delilah, como si estuviéramos en Voodoo Ink y no la hubieran llamado para atender una disparatada petición a domicilio—. No es tan malo como te imaginas. Te lo prometo.

Respiro tal como me ha dicho, pero estoy acojonada.

—Vale —dice Delilah—. Voy a decirte que respires hondo por la nariz y que expulses el aire por la boca y habremos acabado antes de que te des cuenta. Respira hondo —me ordena y, en ese momento, extiendo un brazo y le aferro los dedos a Mount mientras obedezco—. Y ahora suéltalo.

Le doy un apretón a Mount mientras suelto el aire y él me lo devuelve.

El dolor del pinchazo dura apenas un momento.

—Y ya casi estamos —añade Delilah como si me felicitara—. Voy a desenroscar el pendiente y a asegurar el otro extremo y estarás lista.

Aflojo el apretón, pero él no me suelta la mano. Me digo que lo hace porque todavía tengo la respiración tan alterada que voy a acabar hiperventilando a este ritmo.

Tras unos movimientos eficientes, Delilah se endereza y se quita los guantes de látex. Mount me suelta la mano de inmediato.

—Pues ya está. Te dejaré unas instrucciones para que sepas lo que tienes que hacer ahora. Pero te lo advierto... —Mira a Mount un segundo antes de mirarme de nuevo—. Tendrás que tener cuidado durante unos cuantos días. Sanará en una semana, pero... tómatelo con calma durante un par de días. Si te pasas, lo sabrás. Y también sabes dónde encontrarme si tienes algún problema o alguna duda.

Me bajo el vestido y junto las piernas.

—Gracias. Se te da muy bien.

Ella se encoge de hombros.

—No sé cómo me las apaño para que todos los *piercings* me toquen a mí, pero este es muy fácil de colocar. Mucho menos doloroso que el de los pezones.

Mi mirada vuela hacia Mount, porque espero que eso no le haya dado una idea. Me encantan mis pezones tal como están.

—No, gracias —digo con énfasis—. No pienso perforármelos.

—Bien. —Mira la estantería tras la cual está la puerta secreta por la que ha entrado—. Bueno, ¿cómo narices salgo de aquí?

# 25

## Keira

Después de que Delilah se vaya, Mount me acompaña de vuelta a mi *suite*, y es la primera vez que se me permite caminar por el laberinto de pasadizos ocultos y escaleras sin taparme los ojos. Sin embargo, mi atención está puesta en el incremento de sensibilidad que noto entre las piernas. A cada paso que doy, mi clítoris parece hincharse, y me acaloro.

Los orgasmos espontáneos no existen, ¿verdad?

Destierro ese pensamiento para centrarme en otra cosa. Como en el hecho de que algo ha cambiado en el despacho de Mount mientras Delilah me hacía el *piercing*.

Por primera vez, lo he tocado de forma voluntaria, y sé que a él no le ha pasado desapercibido. A lo mejor por eso me ha concedido el privilegio de ver dónde está mi habitación dentro de lo que supongo que es su santuario privado.

No tardo mucho en comprender que esto no es un único edificio. Son varios edificios conectados por pasillos y escaleras, construidos unos cien años antes de que yo naciera. ¿Mi mejor suposición? Estamos en algún lugar del Barrio Francés. Al atravesar un patio abierto, nos llega el bullicio de la ciudad y no parece muy lejano.

Lo que significa que el edificio o los edificios están insonorizados. Es bueno saberlo. También atisbo una verja de hierro en la parte trasera del patio y las luces de un coche que pasa al otro lado, ya sea una calle o un callejón.

—Esta noche no te follaré a menos que creas que tienes el culo preparado después de haber llevado el dilatador toda la mañana.

La verja y el coche desaparecen al instante de mi mente mientras miro a Mount.

—Pues ni de coña, jefe.

Lo oigo soltar una ronca carcajada mientras me conduce al interior de otro edificio, y supongo que aquí es donde está mi *suite*. Subimos dos tramos de escaleras antes de llegar.

Mount abre la puerta y me hace un gesto para que entre, tras lo cual me sigue.

—En ese caso, será mejor que aceleremos tu entrenamiento. Usa el baño si lo necesitas y, después, quiero que te inclines sobre el borde de la cama, desnuda, y me esperes.

—¿Cómo? —El susto se debe a que esta noche ya ha sido bastante abrumadora.

—¿Cómo quieres que te dilate lo suficiente el ano para poder meterte la polla si antes no te pones un dilatador más grande?

—¡Solo ha pasado un día! Esto es un proceso que debería llevar semanas.

Él se lleva una mano a la erección que se le marca a través de los pantalones.

—Tienes tres días, y estoy siendo generoso. Ve a prepararte.

Su tono, más suave que el que ha usado delante de Delilah, tampoco invita a discutir. Y yo que pensaba que había cambiado algo... Al parecer, me equivocaba.

Hago mis necesidades en el cuarto de baño y contengo la

respiración cuando el *piercing* me roza el clítoris de repente y me provoca un ramalazo de placer.

Por Dios. ¿Y si los orgasmos espontáneos existen de verdad? No me importaría.

Salgo del cuarto de baño y me encuentro a Mount con otra caja en una mano y un tubo de lubricante en la otra.

—Cuanto más tardes, menos te va a gustar esto.

Me muerdo el labio inferior porque sé que estoy excitada gracias al *piercing*, pero también por lo de antes. Me inclino sobre el borde de la cama, y me doy cuenta por primera vez de que tiene la altura perfecta para que me folle en esta postura. ¿Será intencional?

—Muy bien. Levántate la falda y enséñame ese culo respingón que tienes.

Esa forma de hablar es mi perdición.

Lo obedezco, porque no puedo hacer otra cosa. No tiene sentido, pero así es como me siento mientras me muevo nerviosa en la cama y el nuevo *piercing* me roza de nuevo, provocándome otro ramalazo de placer que me recorre el cuerpo desde el clítoris.

—Joder, no sé qué me pone más, que me retes o que me obedezcas. —Me acaricia el culo con una mano de una forma casi reverente—. Por más ganas de follarte que tengo ahora, no voy a hacerlo. Pero ten por seguro que no voy a esperar una semana para disfrutar de ese coño.

Siento la frialdad del lubricante justo antes de que Mount empiece a extenderlo alrededor del ano.

Como ya sé lo que viene ahora, intento no tensarme. No puedo decir que no disfruté de esto esta mañana, aunque mi intención era la de detestarlo.

Mientras me extiende el lubricante en torno al ano, me introduce un dedo hasta que deja de percibir resistencia por mi parte.

—Ya no es territorio virgen por completo, pero no será oficial hasta que te la meta entera por aquí. —Me mete el dedo lubricado hasta el segundo nudillo y lucho contra el impulso de empujarlo—. Después de este dilatador, podrás aceptar dos dedos y así te dilataré más. Al final, podré meterte la polla, y ya verás lo que te va a gustar, joder.

Lo creo, y eso me asusta más que cualquier dilatador.

Saca el dedo para lubricar el dilatador y siento que presiona el extremo contra mí.

—Pega el coño a la cama y, después, presiona hacia atrás mientras te lo meto. Este es más grueso, pero no tanto como mi polla.

Hago lo que me dice y la presión del pendiente me provoca una descarga de placer instantánea mientras él me introduce el dilatador poco a poco.

—Mi fierecilla por fin se ha convertido en una niña buena. Por fin acepta lo que le doy. Me deja que le folle el culo. Que le ponga un *piercing* en el clítoris. Se inclina sobre mi regazo...

Sus palabras me provocan un orgasmo al instante y me arrancan un grito que casi las silencian, aunque las oigo todas.

—Me cago en la puta, te la metía ahora mismo, pero... —Deja la frase en el aire y me coloca el dilatador con un último empujón.

Mientras suelto el aire de forma trémula, Mount me baja el vestido, me da media vuelta y, antes de que me pueda poner de pie, ya está en la puerta del dormitorio.

Lo único que alcanzo a ver mientras sale es la parte posterior de esa chaqueta confeccionada a medida que se le ajusta a la perfección a los hombros. Pero no lo hace de forma silenciosa, tal como es su costumbre.

En esta ocasión, se va dando un portazo y me quedo más confundida que nunca.

Siento un nuevo hormigueo entre las piernas, pero no son los «accesorios» los que me causan esta confusión. No, es un hombre al que por primera vez desde que empezó todo esto no tengo ganas de mandar a la mierda.

# 26

## Keira

Mount no me está esperando en mi dormitorio a la mañana siguiente como desea una parte de mí.

Me quito el dilatador yo sola, pero no me encuentro ninguna otra caja. Lo que sí hay es otro conjunto. En esta ocasión, una blusa blanca y una falda plisada de cintura alta con un cinturón dorado de cadena. El sujetador es de encaje blanco y parece que hoy tal vez me cubra un poco los pezones, porque el *piercing* me tiene más sensible de lo normal. Hay unas bragas a juego, que me rozan el adorno constantemente, volviéndome loca de la mejor manera posible. Los zapatos de tacón son de charol negro y nunca he llevado tacones tan altos. También tienen la famosa suela roja que siempre he deseado, pero que nunca me había podido permitir. Cuando meto los pies, no me resisto a contemplar mi reflejo en el espejo de cuerpo entero del vestidor.

«Estoy impresionante.» Incluso yo tengo que admitirlo.

Me como el desayuno que me espera en el salón, pero Mount sigue sin aparecer. Espero a que Cicatriz me recoja y, después de lo de anoche y de que me acompañara a mi habitación sin la capucha, también espero que eso haya desaparecido para siempre.

Pues no.

Por algún motivo, me parece más insultante incluso que antes, si acaso es posible.

Mientras entro en la destilería, me prometo concentrarme en el negocio todo el día, en nada más.

Y lo consigo con cierto éxito. Espero otro mensaje del número desconocido.

«Nada.»

No llega comida. No llegan notas. El silencio es total, casi como si Mount hubiera desaparecido de mi vida, dejándome un *piercing* en el clítoris como único recuerdo.

«Esto no es bueno», me digo, y empiezo a preocuparme por la posibilidad de que algo vaya fatal. Ayudo a Temperance a perfilar los detalles del evento de fútbol americano y repaso casi todos los puntos de mi lista de pendientes, una tarea que ha sido imposible llevar a cabo durante meses.

—Hoy estás que te sales, jefa. Buen trabajo.

Le sonrío a mi asistente cuando se va.

—Siempre me salgo. Siempre.

He acabado la última tarea y estoy preparada para acabar el día, cuando Temperance entra en tromba en el despacho sin llamar antes.

—Joder. ¿Has visto las noticias?

—No. ¿Qué ha pasado? ¿Han echado a alguien del negocio?

Su cara, que ya estaba blanca, se queda sin color.

—No. Han encontrado el cadáver de Lloyd Bunt esta tarde.

Me quedo paralizada por completo, salvo por la sangre que me late en las sienes y que me atruena los oídos.

—¿Qué has dicho?

—Lloyd Bunt. Está muerto. Dicen que ha sido suicidio, o puede que asesinato. Todavía no han descartado nada. Pero no estaba solo.

Me aferro a los reposabrazos del sillón.

—¿Con quién estaba?

—Con una puta. Se rumorea que la causa de su muerte ha sido la asfixia autoerótica.

Lloyd Bunt. Asesinado. O tal vez se haya suicidado. Con una puta muerta. Los hechos se me agolpan en la cabeza como los coches en un choque múltiple.

—Qué horror. —Me tiembla la voz, y lo digo en serio. Hace unos pocos minutos, mientras archivaba los documentos del préstamo, me consideraba afortunada por el hecho de que no se hubiera puesto en contacto conmigo hoy.

Ahora sé por qué.

O por quién.

—Tengo que irme.

Cojo el bolso y la gabardina y paso corriendo junto a Temperance.

Cicatriz me espera en la parte delantera, con el coche. Abro la puerta de un tirón, sin esperar a que rodee el coche para abrírmela.

—Llévame con él —le ordeno.

Cicatriz me mira a través del espejo retrovisor y asiente con la cabeza antes de arrojarme la capucha.

No me quejo mientras me la pongo, porque tengo que ver a Mount ahora mismo. Tomamos la ruta habitual, que supongo que da un rodeo innecesario, para volver, y no me resisto cuando Cicatriz me lleva en brazos al salón.

Mi cárcel. De la que solo puedo salir para ir a trabajar.

Todo me parece espantoso, si lo que sospecho es verdad.

Mount no solo es implacable. Es un sociópata.

Empiezo a pasear de un lado para otro de la estancia, poniéndome cada vez más histérica, hasta que por fin llega, después de lo que me parece una eternidad.

No espero a que hable antes de lanzarle la pregunta.

—¿Ha sido cosa tuya?

Su expresión, inmutable, no cambia.

—¿El qué?

—¿Lo has matado?

Mount arquea una ceja con su puta arrogancia de siempre.

—Vas a tener que concretar un poco.

—Lloyd Bunt. Mi banquero.

—¿El que intentó obligarte a mantener una relación sexual ayer? —me pregunta.

Se me cae el alma a los pies. No puedo ser la responsable de la muerte de Lloyd. No puedo serlo.

A él le digo algo muy distinto.

—No era eso. Solo quería cenar. Una cita.

—Y te habría estado presionando para que fuera a más. Habría amenazado tu preciosa destilería hasta conseguir lo que quería. Follarte. —La afirmación de Mount es brusca, y siento la bilis en la garganta.

—¿Y en qué se diferencia de lo que hiciste tú? —Le lanzo la acusación como si fuera un cuchillo, y la expresión inmutable desaparece cuando le relampaguean los ojos.

—Joder, yo dejé muy clarito lo que quería: a ti a cambio de saldar la deuda. Sin gilipolleces. Lloyd Bunt no podía eliminar tu deuda. La puta realidad es que no tenía poder para hacerlo.

—Pero... —empiezo, pero Mount me interrumpe.

—Y hay otra diferencia fundamental.

—¿Cuál?

—Tú no lo deseabas.

Tenso los hombros.

—¿Y crees que a ti sí?

—Sé que sí, lo quieras admitir o no.

—Cabrón arrogante... —Al ver que da un paso hacia mí, levanto una mano, como si así pudiera detenerlo—. No te atrevas a tocarme ahora, joder. No te atrevas a tocarme nunca más.

Puede que mi mano no tenga el efecto deseado, pero mis palabras hacen que se pare en seco. Y cuando digo «seco», me refiero a que su expresión podría cortar.

Se da media vuelta mientras endurece el semblante hasta que aparece la máscara pétrea que nunca usa conmigo.

—Lo has matado, ¿verdad? ¡Y a ella!

Una vez más, Mount pasa de mi pregunta y cierra de un portazo al salir.

# 27

## Keira

Tan pronto como se cierra la puerta, corro en busca del bolso y del móvil. No tengo cobertura ni datos, ya que Mount debe de estar controlándolo. Espero unos dos minutos antes de acercarme a la puerta y girar el pomo.

Abro sin problemas.

Por culpa del cabreo, el todopoderoso Mount se ha olvidado de lo más importante: no puedes mantener encerrada a una prisionera en contra de su voluntad en una celda abierta.

Salgo al pasillo a la carrera, recorriendo a la inversa el camino que seguimos anoche hasta llegar al patio. Los pasillos están vacíos y silenciosos, y me importa una mierda que me graben las cámaras. Mi objetivo es salir por la verja y pirarme antes de que pueda detenerme.

No sé si el Señor me está sonriendo gracias a un inesperado giro del destino que por fin se ha puesto de mi parte, pero la verja del patio solo tiene un pestillo doble que se abre y se cierra desde el interior sin necesidad de llave.

Tan pronto como piso la acera agrietada de una conocida calle del Barrio Francés, respiro mi primera bocanada de libertad, pero sé que no debo perder tiempo disfrutándola.

Corro por la calle hasta llegar a una donde sé que habrá taxis disponibles, temerosa de que Mount o Cicatriz surjan de repente de las sombras y me detengan.

Pero no lo hacen.

Seguramente estén demasiado ocupados encubriendo un doble asesinato.

Me subo al primer taxi que paro y le doy al taxista mi dirección. Sé que parece ridículo, pero espero que Mount me crea demasiado lista como para ir a mi casa, lo que me dará un poco más de tiempo. Quizá.

El taxista se enfrenta al tráfico mientras yo saco las llaves del apartamento del bolso y las aprieto con tanta fuerza que los afilados bordes se me clavan en la palma de la mano, y se me llenan los ojos de lágrimas. Tengo que mantenerme tranquila, aunque todo parezca fuera de control. No puedo arriesgarme a ir a la policía, porque no sé a quién tiene Mount en nómina. A más de uno, estoy segurísima.

Nada es lo que parece. O tal vez todo sea tal y como parece. Mount es el villano de esta historia. Me ha manipulado y yo he caído bajo su hechizo. Fin del cuento.

Tan pronto como llegamos al bloque de pisos, le arrojo unos cuantos billetes al taxista y corro por la acera hasta llegar a la puerta. Me invade de nuevo el miedo de que me capturen en cualquier momento, y sabrá Dios qué me harán en esta ocasión. No tengo nada que perder y sí mucho que ganar si logro coger la pistola que guardo bajo llave en un cajón de la mesilla. Una vez que tenga alguna forma de protegerme, buscaré a un policía que no trabaje para Mount.

Tan pronto como entro en el apartamento, examino la cocina y el salón centímetro a centímetro. No parece que lo hayan registrado.

Corro al dormitorio, decidida a hacerme con la pistola y

con tantas balas como haya en la caja. Tengo que prepararme porque sé que vendrá a por mí.

Al entrar, descubro en la cama una caja que hace que me pare en seco. Una caja negra. Parecida a las que ha utilizado Mount para guardar los juguetes sexuales que ha usado conmigo.

La cojo y la arrojo contra la pared, sin preocuparme por la marca que pueda dejar. Espero que caiga al suelo un vibrador o un dilatador anal, pero me equivoco.

Lo que cae al suelo es una prenda de lencería y un trozo de papel.

¿Qué coño es esto?

Miro hacia atrás por encima del hombro, llevada por el instinto, y atravieso despacio el dormitorio para coger ambos objetos.

Espero encontrar la letra de trazo grueso que ya reconozco como la de Mount, pero lo que encuentro es una nota escrita de mi puño y letra.

Recuerdo perfectamente cuándo la escribí.

*Nos vemos en el Bal Masqué a medianoche,*
*en la hornacina del fondo. No digas nada.*
*Hazme tuya nada más.*

Leer esas palabras tan conocidas me postra de rodillas. Cojo la prenda interior de color negro. Es el tanga que compré específicamente para que hiciera juego con el sujetador de pedrería que me puse debajo del vestido para el Bal Masqué.

Justo después de conocer a Brett, en la época en la que estábamos en la fase erótica del flirteo y que no tardó en convertirse en un vertiginoso cortejo. Nos casamos al día siguiente, más que nada por lo que sucedió aquella noche.

¿Cómo es posible que Mount tenga esto?

Un escalofrío me recorre la espalda mientras rememoro los acontecimientos de aquella noche.

*Siete meses antes*

No me podía creer que lo estuviera haciendo, pero Dios, qué bien sentaba hacerse con el control y exigir lo que quería. Lo que necesitaba. Esa era la prueba, la verdadera prueba para averiguar si Brett podía ser el hombre que me diera lo que llevaba buscando toda la vida.

Me colé en la oscura hornacina, dejando al otro lado el baile, con la esperanza de que hubiera recibido la nota. Si no, me iría a casa desilusionada y frustrada sexualmente.

La verdad, ese era mi estado normal en la vida, según parecía, sobre todo de un tiempo a esa parte.

Le eché un vistazo al reloj de pulsera que me puse, aunque no quedaba bien con el resto de mi atuendo, pero quería asegurarme de llegar a la cita a la hora acordada.

Necesitaba un hombre al que no le diera miedo hacerse con el control, y la mejor manera que se me ocurrió de expresar mis deseos fue lo que puse en la nota. Aquello era la prueba de fuego para Brett y para mí, al menos en lo que a mí se refería.

Las agujas de mi reloj marcaban las doce en punto cuando me di media vuelta en la hornacina famosa por servir de lugar para echar un polvo rápido. La verdad, tuve suerte de encontrarla vacía. Bueno, suerte no. Tan pronto como la gente intentaba entrar y me veía, se iba en busca de otro sitio.

Quería todo lo que ellos tenían.

¿Era mucho pedir?

Detrás de mí oí unos pasos sobre el suelo de mármol y me quedé muy quieta, manteniéndome de cara a la pared. Los pezones se me endurecieron y apreté los muslos por la emoción. Ya estaba mojada y preparada, porque llevaba un buen rato pensando en lo increíble que iba a ser la noche.

Una mano me tocó un hombro desnudo y, cuando intenté darme media vuelta, otra mano me aferró por la cintura y me inmovilizó contra la pared, tras lo cual me ató las manos con algo suave. ¿Seda?

¡Gracias, Señor!

No dijo nada. El olor cítrico mezclado con las notas orientales y amaderadas me envolvió y aumentó mi deseo. La mano que me había aferrado la cintura me subió la larga falda del vestido de noche y sentí la fría caricia del aire en el culo, que el tanga dejaba al descubierto. Me pregunté si podría ver el brillo de la pedrería en la penumbra. Seguramente fue una chorrada comprar lencería especial para la ocasión, pero siempre he sido una optimista.

Lo oír soltar un gemido mientras me daba un apretón en el culo sin el menor rastro de timidez. La dominancia que yo necesitaba.

Intenté volver la cabeza otra vez, pero él no me lo permitió. Me rodeó la garganta con una mano y me pegó a él mientras su sensual perfume me rodeaba.

El gesto lo dijo todo. Él tenía el control y yo estaba a su merced, justo lo que yo quería.

Una vez que me soltó el cuello, me cogió del pelo y me obligó a inclinarme un poco hacia delante.

Introdujo un pie entre los míos y separé las piernas de forma voluntaria.

—Por favor —dije a modo de súplica, y él replicó con un ronco gemido.

Me soltó el pelo para meterme la mano entre las piernas.

El tanga ya estaba empapado. La evidencia de mi deseo me mojaba hasta los muslos, pero no me avergonzaba por ello. El gemido ronco que soltó me indicó que a él le parecía muy erótico.

Metió un dedo por el hilo posterior del tanga y lo siguió hasta llegar a la parte que estaba empapada. Ahí fue cuando se convirtió en el bárbaro que yo esperaba que fuese.

Le dio un tirón al tanga y desgarró el delicado encaje para quitármelo. Sin pérdida de tiempo, buscó el clítoris y empezó a acariciarme trazando lentos círculos antes de penetrarme con un dedo.

—¡Oooh! —Se detuvo al oír mi entrecortado gemido y lo animé a seguir—: No. No te pares. Por favor. Fóllame. Como no me la metas ahora mismo, te juro que me muero.

Oí su gruñido satisfecho mientras seguía metiéndome el dedo y me acariciaba el clítoris hasta que el orgasmo me atravesó. Apartó la mano mientras el placer me consumía, pero solo por un instante. La música del salón de baile desapareció mientras aguzaba el oído para captar lo que sucedía justo detrás de mí. Una cremallera. El crujido del plástico mientras rasgaba el envoltorio de un condón.

Gracias a Dios que uno de los dos estaba pensando, porque, llegados a ese punto, mi cerebro había dejado de funcionar.

Con una mano me sujetaba el vestido y con la otra guio la polla hasta la entrada de mi cuerpo. Tan pronto como percibió la humedad, me la metió hasta el fondo.

Contuve el aliento de forma entrecortada, experimentando la plenitud de su invasión, que casi rayaba en el dolor, pero lo único que sentía era placer. Mis gemidos se transformaron en gritos y él soltó el vestido para taparme la boca con la mano mientras me follaba como un loco, metiéndomela cada vez más adentro. Sentí que estaba a punto de chillar, y mi única opción fue la de morder la mano que me tapaba la boca, sin importar si iba a dejarle una dentellada. Me acarició con los labios la curva entre el cuello y el hombro, y sentí el roce de sus dientes antes de que me diera un chupetón.

Llegué al orgasmo mientras él apartaba la boca, pero no dejó de moverse. Me quitó la mano de la boca y liberó las mías, tras lo cual me cogió una y me la colocó en la boca mientras él usaba las suyas para acariciarme el clítoris al tiempo que me follaba cada vez más rápido.

No se me dio tan bien silenciar mi orgasmo como a él, porque estaba segurísima de que todos los presentes en el salón de baile me oyeron gritar cuando llegué al tercero.

—¡Sí, Dios, sí!

Mis músculos internos apretaron su polla en mi interior mientras él se estremecía, y su orgasmo me provocó una sensación de poder.

Lo había hecho.

Y había sido la hostia.

Me la sacó y, justo entonces, yo perdí el equilibrio mientras intentaba bajarme el vestido. Él me ayudó a enderezarme poniéndome una mano en la cintura antes de agacharse. Me apoyé en la pared, tratando de recuperar el aliento. La sonrisa de mi cara se ensanchó cuando caí en la cuenta de que por fin había encontrado al hombre adecuado. Al hombre que me daría todo lo que yo necesitaba.

Pero cuando me di media vuelta, se había ido.

Me invadió la desilusión, pero comprendí que él solo estaba siguiendo mis instrucciones. «No digas nada. Hazme tuya nada más.»

Y eso había hecho.

De forma espectacular.

Estaba a punto de salir de la hornacina cuando recordé el

tanga desgarrado. Ni de coña iba a dejarlo ahí tirado para que alguien lo encontrara y especulara con la identidad de la persona que lo había dejado. Registré el suelo de mármol sin ver nada, pero no lo encontré.

Bueno, en fin. Tampoco podía volver a ponérmelo, la verdad.

Salí del salón de baile con una sonrisa en la cara que hacía años que no tenía y sintiéndome como la reina de la fiesta.

Al día siguiente, convencería a Brett de que se fugara conmigo.

*Presente*

Ese olor. El mismo que se quedó flotando en mi despacho después de que Mount me diera el ultimátum. Y esas manos. Sus caricias.

Dios. He rememorado muchas veces la escena del baile de máscaras para masturbarme siempre que Brett me dejaba insatisfecha después de correrse con tres movimientos, mientras me preguntaba qué coño le había pasado al hombre que aquella noche me folló como si fuera mi dueño.

Todas las similitudes. Los gemidos. Los gruñidos. Su forma de tomar sin disculparse. Su forma de follarme, como si yo necesitara que me follaran así.

Ya sabía que mi matrimonio se basaba en una red de mentiras, pero no me había dado cuenta de que los cimientos de mi decisión de casarme con él también eran un engaño.

No me cabe la menor duda de que Mount descubrió de alguna manera la nota y decidió aparecer aquella noche en el lugar de la cita. Eso sí, no tengo ni idea de cómo averiguó mi identidad ni de por qué decidió hacerlo.

Además, ¿en qué cambia eso las cosas?

En nada.

Después de los últimos días, sé que es capaz de usar mi cuerpo mejor que ningún otro hombre que yo haya conocido... salvo uno. La única competición a la que se enfrenta es a sí mismo.

Qué cabronazo.

Aquella noche lo deseé. La noche del baile de máscaras y todas las veces que me ha tocado después. Le he suplicado.

Y ese hecho aumenta el odio que siento por él.

Ahora mismo lo mataría.

Pero recuerdo la gélida máscara que ha ocultado su expresión esta noche cuando lo he acusado de asesinato y sé que debo protegerme.

Enciendo la lámpara de la mesilla y descubro unos documentos que no estaban ahí antes.

El préstamo del banco. El reconocimiento de deuda, con el sello de PAGADO y la fecha de ayer. La línea de crédito. La liquidación de deuda. Todo. Una deuda de casi dos millones de dólares, saldada. Ojeo los documentos, al borde de la histeria y con un nudo en el estómago.

Ha sido Mount. No tengo la menor duda.

Al llegar al último papel, descubro una nota escrita con la letra que esperaba encontrar en la nota de la caja.

*La deuda supera ya los dos millones de dólares.*
*Eres mía.*
*Si quieres, tatúatelo en el culo,*
*para que te quede bien claro.*

Ese chulo de mierda.

Voy a matarlo.

Abro el cajón de la mesilla, pero la caja de seguridad donde guardo la pistola no está.

Mount.

Pase lo que pase en mi vida en los últimos tiempos, la respuesta parece ser siempre la misma: Mount.

Alguien llama a la puerta y me acerco a ella despacio.

Luchar o morir en el intento. Así es como siempre he enfocado esta situación y así voy a ponerle fin.

Quito los pestillos y abro la puerta, pero no es Mount a quien descubro al otro lado.

—Keira, te he echado de menos. Me han dicho que tú a mí no.

Parpadeo dos veces, incapaz de asimilar el hecho de que tengo delante a mi difunto marido, vivo y coleando, y después la oscuridad me envuelve.

La historia de Mount y Keira continúa en

# REINA

Visita *www.meghanmarch.com/#!newsletter/c1uhp* si quieres suscribirte a mi boletín de noticias para no perderte los anuncios sobre los proyectos futuros, nuevas publicaciones, ofertas, contenido exclusivo y promociones.

# Nota de la autora

Meghan March

ROMANCE SEXY SIN EXCUSAS

Me encantará saber de ti. Ponte en contacto conmigo en:
Sitio web: *www.meghanmarch.com*
Facebook: *www.facebook.com/MeghanMarchAuthor*
Twitter: *www.twitter.com/meghan_march*
Instagram: *www.instagram.com/meghanmarch*

## Sobre la autora

Meghan March es conocida por llevar pintura de camuflaje en la cara y correr por el bosque calzada con unas botas llenas de barro sin abandonar su perfecta manicura. También es impulsiva, fácil de entretener y no tiene reparos en admitir que le encanta leer y escribir obscenidades.

En sus vidas anteriores trabajó con piezas de coches, vendió lencería, hizo joyas por encargo y ejerció el derecho empresarial. Escribir libros sobre machos alfa malhablados y mujeres fuertes y descaradas capaces de postrarlos de rodillas es el trabajo más fabuloso que ha tenido nunca.

Le encanta que sus lectores le escriban a:

*meghanmarchbooks@gmail.com*

megustaleer

# Descubre tu próxima lectura

Apúntate y recibirás recomendaciones de lecturas personalizadas.

www.megustaleer.club

Ebooks

@megustaleer

@megustaleer